「…………、Dia……ディーア、……ディーア、何と素晴らしい名前！」
呼応するように、大迷宮《ラビュリントス》が大きく揺れた。
Diaの身体から溢れる魔力《マナ》で、地面が、壁が、空気が凍っている。
ディーア
信者ゼロの女神サマと始める異世界攻略
Clear the world like a game with the zero believer goddess
救世の英雄と魔の支配〈上〉
10
大崎アイル Isle Osaki
(illust) Tam-U

「ここが……、大迷宮《ラビュリントス》の最深層……」
マコト
モモ

『星脈』から流れてきたであろう、
多量の魔力《マナ》を含んだ湧き水がキラキラと光っている。
その泉を取り囲むように、真っ白い花が咲き誇っていた。
――泉の側に、一匹の巨大な白い竜が横たわっていた。

パチン、とエステルさんが指を鳴らす。
すると彼女は光に包まれ、その中から長いピンクの髪を
輝かせる美しい女神様が姿を現した。
イラ

信者ゼロの女神サマと始める異世界攻略

10・救世の英雄と魔の支配〈上〉

大崎アイル

OVERLAP

Clear the world like a game with the zero believer goddess

登場人物

〈千年前で出会った者達〉

高月マコト

異世界に転移したゲームジャンキーの高校生。女神ノア唯一の信者として彼女を救うべく、異世界を攻略中。

モモ

魔王ビフロンスの人間牧場で飼われている少女。人見知り。

アンナ

伝説の勇者パーティーのメンバーで、聖女。救世主アベルと幼馴染らしいが……？

メル

救世主アベルに手を貸したとされる真っ白な聖竜。大迷宮の最深層の主。

ジョニィ

エルフの大戦士で、亜人種族の長。ルーシーの曽祖父。

カイン

千年前のノアの信者。別名「勇者殺し」の魔王。

太陽の国《ハイランド》

西大陸の盟主。人口、軍事力、財政力で大陸一の規模を誇る。

桜井リョウスケ

マコトのクラスメイト。正義感が強く、「光の勇者」として魔王討伐を目指す。

ノエル

太陽の国の王女にして、太陽の女神の巫女。桜井くんの正室。

大賢者

大陸一の魔法使い。千年前に救世主アベルと共に大魔王と戦った。

〈マコトの仲間達〉

ルーシー

木の国出身のエルフで、火魔法を得意(?)とする。マコトの最初のパーティーメンバー。

佐々木アヤ

マコトのクラスメイト。転移時にラミアへ生まれ変わるが、水の国の大迷宮にてマコトと再会。

フリアエ

太陽の国に囚われていた月の女神の巫女。マコトと守護騎士の契約を結ぶ。

ふじやん

五聖貴族・バランタイン家出身の「稲妻の勇者」。マコトをライバル視する。

ニナ

獣人族の格闘家。奴隷落ちしていたところをふじやんに買われる。

ディーア

無限の魔力を持つ水の大精霊。マコトに力を貸してくれる。

商業の国《キャメロン》

交易が盛んな国。カジノの運営や金融業も活発に行われている。

木の国《スプリングローブ》

国の大部分が森林に覆われている。エルフや獣人族などが多く住む。

水の国《ローゼス》

水源が豊かで観光業が盛んな国。軍事力では他国に遅れを取る。

エステル

運命の女神の巫女。未来を視通す力があり、絶大な人気を集める。

ロザリー

ルーシーの母。木の国の最高戦力で「紅蓮の魔女」の異名を持つ。

ソフィア

水の国の王女にして、水の女神の巫女。マコトに勇者の称号を与える。

女神

異世界の神々。現在は神界戦争に勝利した『聖神族』が異世界を支配。太陽、月、火、水、木、運命、土の七大女神がその頂点に君臨する。

ノア

『聖神族』に追いやられた古い神の一柱。現在は「海底神殿」に幽閉中。

エイル

水の女神にして七大女神の一柱。華やかな見た目だが、計算高く腹黒い。

イラ

運命の女神にして七大女神の一柱。魔王討伐のため「北征計画」を提言する。

イラスト／Tam-U

10. the hero of salvation and the reign of demons

CONTENTS

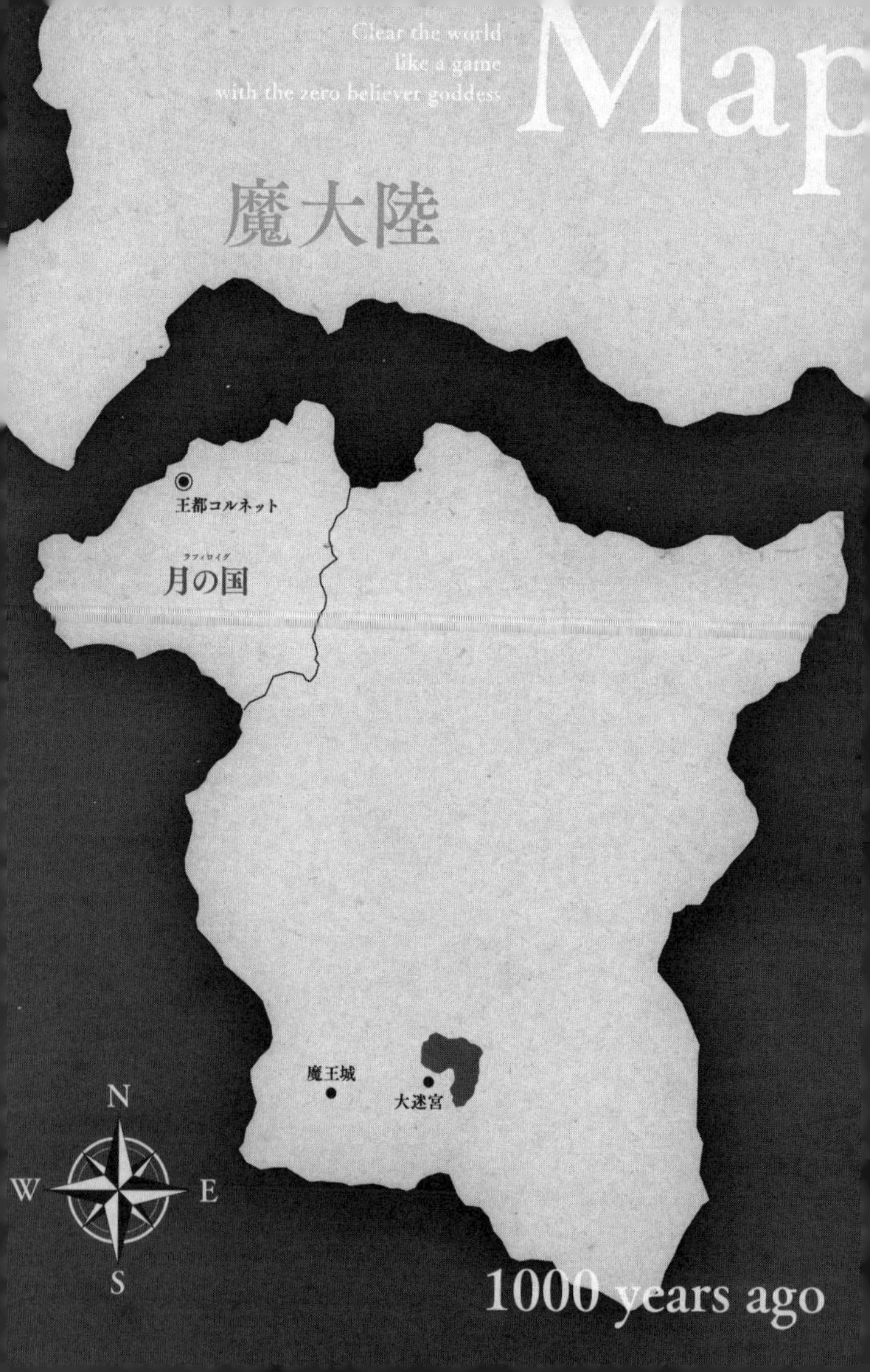
Clear the world
like a game
with the zero believer goddess
Map
魔大陸
王都コルネット
月の国《ラフィロイグ》
魔王城
大迷宮
N
W
E
S
1000 years ago

プロローグ　魔王の国の噂

「……ここは魔王ビフロンス様の人間牧場です」

「に、人間牧場……？」

耳慣れない言葉に、思わず聞き返してしまった。

「はい。魔王ビフロンス様の配下には、人間を食料とする魔族が多くいます。そのため高い壁を築いた牧場内で人間を放し飼いにしているのです。ここで人族は長くは生きられません……。若くして魔族や魔物に食べられますから……」

「…………………」

俺は言葉を失った。聞いたことはある。暗黒時代に人族は、家畜のような扱いを受けたと。

だがこれは家畜そのものじゃないか……。状況が絶望的過ぎない？

「に、人間の街は、……ないの？」

「え？　は、はい……外にはあると聞いたことがありますが、私は牧場の生まれなので、行ったことはありません……」

マジか。牧場生まれの人間……なんてこった。俺がカルチャーショックを受けて、ぼんやりしていると少女が、ずいっと顔を寄せてきた。

「あ、あの！　わたし、モモと申します。貴方様《あなたさま》の名前を教えていただけませんかっ!?」

「……………えっと」

名前か。ん〜、名乗っていいのか？　俺は本来、この時代にいないはずの人間だが……。

いや、太陽の女神様《アルテナ》が言ってたじゃないか。細かいことは気にするなと。

「マコトだ」

名字は伏せた。十分だろう。

「マコト様……」

少女はさらに俺に近づいて来た。折れそうなほど細い身体《からだ》だ。

「危ない所を助けていただき、ありがとうございます。私はお返しできるものは何も持っていません。できるとしたら、この身体を好きにしていただくくらいしか……」

幼女は俺に抱きつき囁《ささや》いた。その瞳は潤み、捨てられそうな子犬のようだった。

って、え!?　この子、今何て言った!?

「貧相な身体ですが……経験はありません。初めてです。もしお気に召しましたら……私をマコト様の庇護《ひご》下においていただけないでしょうか……」

「ちょ、ちょっと待ってくれ！」

当たり前だが、そーいう目的で助けたわけではない。単に、千年前に出会った最初の人間だっただけだ。これは良くない。

「両親は……どうしたの？」

話題を変えようと、質問した。

「父は……三年前に死にました」

「……そ、そうか」

「母は、三日前に死にました」

「………………」

やべぇ、何も言えない。

「私にはもう頼れる人はいません。マコト様は何の縁もない私を救ってくださいました。母が死ぬ直前の言葉は『生きて』というものでした。私は生きるために、こんな浅ましいことしかできませんが……それでも、哀れな私を助けていただけないでしょうか……」

その必死な様子に、胸が締め付けられるような思いがした。十歳くらいに見える子が、こんな言葉を……。俺は気軽に助けたが、この世界はこれがありふれた日常なのだろう。

（……助けてしまった責任は、負わないといけないな）

「モモ」

「は、はいっ！」

俺は少女の肩を抱き、抱きついている身体を自分から離した。

「さっきも言ったけど、俺は人を探してる。勇者アベル、って人だ。聞いたことない？」

「……いえ、私は外の世界に詳しくないので……。聞いたことはありません。お役に立てず申し訳ありません……」

少女の顔がみるみる暗く沈んでいった。

おそらく役に立たないと判断されたと思ったのだろう。

「じゃあ、探すのを手伝ってくれないか？　俺は遠い国からやって来たばかりで、この辺に詳しくないんだ。案内を頼めるかな？」

「え？」

少女が、ぽかんと口を開けた。俺の言葉が理解できないかのように。

「あ、あの……それは一体、どういう……」

「俺を案内してくれるなら、君のことを守るよ。そういう条件はどう？」

「っ!?　はい！　喜んで！　よろしくお願いします！」

弾《はじ》けるような笑顔で、抱きつかれた。

――こうして俺に、千年前の仲間ができた。

俺とモモは、三日ほど魔王ビフロンスの領地内を彷徨《さまよ》った。

何度か隠れ住んでいる現地の人族と出会ったが、皆生気のない目をしていた。

ひ弱そうな俺と、幼いモモの二人組だと因縁でもつけられるかと思ったけど、皆そんな気力すらないようだ。

話しかけてみたが、誰も勇者アベルのことは知らなかった。

困ったことに、現地の人族はボロボロの服装で、旅人服の俺の姿は目立った。なるべく簡素な服装にして、現地の恰好《かっこう》に合わせた。上着はモモに与えた。

魔王領の『人間牧場』では、定期的に食料が配給される。まさに人間が飼育されているわけだ。

だから、配給の時に魔族や魔物に、屠殺《とさつ》される可能性が高い。

俺たちは川の近くを拠点にして、配給される食料を貰《もら》いに行くことは避けた。

魚などを獲《と》って食料にした。料理方法だが――。

「モモは火魔法が使えるのか？」

「はい、火魔法と土魔法を嗜《たしな》んでおります！」

魚をモモの火魔法を使って、焼くことにした。調味料は携帯していた塩だ。

「凄《すご》いじゃないか、それなら魔物に襲われたって戦えるんじゃないか？」

「む、無理ですっ⁉ 私なんかよりはるかに強い魔法やスキルを使える人も沢山います！ でも、誰も魔王軍の魔物には敵《かな》いません……。もしも、運良く勝てても、魔王軍の幹部にあっという間に殺されます……」

「幹部？」

「不死の十六将や、九血鬼将。それらを束ねる最高幹部の『豪魔のバラム』『妖艶のシューリ』『魔眼のセテカー』です。最高幹部は勇者様ですら敵わないと言われている恐ろしい魔族です！」

「あー……」

最高幹部のうち二人は知ってる奴《やつ》だった。そして因縁ありまくりだった。

うん、そりゃ時間転移で魔王ビフロンス領に来るはずだわ。

「あの……マコト様は、いつも本を読んでますね。それは何の本なのですか？」

「ん？」

俺は千年前に来てから、合間を見ては『太陽魔法・初級』と『運命魔法・初級』の修行をしている。水魔法の修行は、言わずもがな。そして、修行をしながら『勇者アベルの伝説』の絵本を読んでいる。モモは、それが気になったらしい。

「これは、故郷の本だよ。旅の前に大切な人から貰ったんだ」

その時、ソフィア王女の顔が頭に浮かんだ。

「そうなのですね。私は文字が読めないので、本が読めるのは羨ましいです……」

モモがしょんぼりとした。だがおかげで、勇者アベルの本を堂々と読める。見られても問題がない。が、モモの境遇については少し同情した。

「そのうち文字を教えるよ。でも、まずは魔法の修行だな。とりあえず無詠唱で魔法が使えるようになろうか」

「は、はい！　頑張ります！」

今はモモと一緒に居るが、ずっというわけにはいかない。だから、可能な限り魔法を教えようと思った。せめて、一人でも生き延びられるくらいに……。

俺は水魔法を使いながら、絵本に視線を落とした。


――勇者アベルの伝説――第一章。

それは小さな村で育った少年アベルが、勇者の力に目覚める話。

そして師である火の勇者と共に成長する話。一章の最後には、勇者アベルが他の勇者たちと力を合わせ魔王ビフロンスを倒す話、となっている。

そう、勇者アベルによって最初に倒される魔王は不死の王《ビフロンス》だ。

だから、俺は魔王領で勇者アベルが来るのを待つつもりだ。

本当は、大きな街にでも行って情報を集めようと思ったのだが……。闇雲に探し回って無駄足になるのが怖いので、確実に出会えるポイントで張ることにした。

俺はモモに千年前の話を教えてもらい、俺はモモに魔法を教える。

魔族や魔物がウロウロしているが、水魔法・霧で視界を邪魔して『隠密《おんみつ》』スキルを使えば、見つかる可能性は低い。飯が美味《おい》しくない点はやや不満だが……贅沢《ぜいたく》は言うまい。

そして、一つ困ったことが起きている。

夜になるたびに、モモが夜這いを仕掛けてくるのだ。

俺が修行を終えて寝ていると、旅用の小さな毛布に潜り込んでくる。

出会った時は、ボロボロの恰好だったが、身体を水魔法で洗ってやり、俺の着替えを与え、今は小綺麗《こぎれい》になっている。初めて見た時も思ったが、更に美少女が際立った。

それを理解してかしないでか、上目遣いで迫るモモは可愛《かわい》かった。

（手は出さないけどな……）

千年前に着いて、数日で現地の幼女に手を出すとか……。

ルーシーやさーさんにバレたら殺される。

「モモは、早く寝ろよ。魔物がきたら俺の『危険感知』スキルで気付けるから」

「は、はい……」

今日も俺が手を出さないとわかって、しょんぼりしてモモは眠りについた。

ある日。川で魚を獲っていると見知らぬ少年が話しかけてきた。モモがさっと隠れる。

「よお、にーさん、釣れてるかい？」

少年は馴《な》れ馴《な》れしく近づいて来た。

「ぼちぼちかな」

「見たところかなり釣れてるじゃないか。羨ましいね」

一応警戒したが、特に敵意はなさそうだ。

「こっちはついさっき、悪い噂《うわさ》を聞いたところだ。知ってるかい？」

「へぇ、どんな話だ？」

「ん？……まあ、言ってもいいんだけどさぁ」

ちらちら俺たちが焼いている魚を見ている。欲しいらしい。俺は一匹、分けてやった。

「へへっ、ありがとな。なんでも、今度勇者たちが処刑されるんだってよ。捕らえたのは魔眼のセテカー様だ。勇者たちの目的は、魔王ビフロンス様を討伐することだったらしいんだが……。はっ、そもそも辿《たど》りつけもしないとはな。話にならねぇ……。処刑は、みせしめとして魔王城の正面広場で大々的にやるんだとさ。全く勇者なんて当てにならねぇな。じゃあな。あんたも気をつけろよ」

投げやりな口調で、少年は去っていった。俺はその話を聞いて愕然《がくぜん》とした。

勇者たちの処刑？　もし、その中にアベルが居たら……？

(太陽の女神様《アルテナ》の神託の失敗が確定じゃないか!?)

俺がのんびりしている間に、とんでもない状況になっていた。

一章　高月マコトは、再会する

「あの……マコト様？　こちらの方向の先は魔王城ですが……」

モモが怯《おび》えたように俺の袖を引いた。

『人間牧場』は、魔王城の裏手にあり巨大な漆黒の城は遠目にもはっきり見える。魔王城の近くには、魔王軍の魔族たちが居を構えている。

彼らは強く、見つかれば瞬く間に喰《く》われてしまう。だから、これまで俺とモモは魔王城から距離を取って過ごしてきた。しかし、さっきの少年から聞いた話。


──勇者たちが処刑される。


その中に勇者アベルが含まれていたら神託は失敗だ。

そして俺の予想では、その可能性が高い。

絵本『勇者アベルの伝説』によると、アベルは後半になるほど強くなる。天空を翔《かけ》る聖竜に乗り、世界中を巡って魔王を撃破し、救世主と呼ばれるようになる。

伝説が本当なら、強くなったアベルに勝てる者はほとんど居ないはずだ。だから、過去改変を目論むなら勇者アベルが強者に覚醒する前を狙うだろう。

アベルによって最初に討伐されるはずの魔王ビフロンス。このタイミングで、処刑されそうになっている勇者。……話を聞かなかったら、危なかった。

「モモ。俺はこれから魔王城に向かい、勇者を助けようと思う」

「ひぇええええっ!?」

俺の目的は伝えているので、予想はしていただろうけど、それでもモモの顔が大きく引きつった。

「ど、どうやって……ですか？」

「わからん。まずは、現地の情報収集かな」

「どなたかお仲間は……？」

「居ない。俺一人だ」

「そんな、無……」

無理、と言いかけたのかもしれないが、モモは俯《うつむ》いて黙った。

「わ、私は……」

そうなんだよなぁ。モモの魔法の熟練度は低い。まだ無詠唱すらできない。

戦力としては心もとない。かといって、どこかに隠れていてくれと言っても『人間牧場』に安全な場所などない。

「一緒に来るか？」

「……え？……いいんですか？」

結局、手の届く範囲で護《まも》ることしか思いつかなかった。なにより、今は俺自身が焦っている。とにかく、処刑されそうになっている勇者の現状が知りたい。

「勿論《もちろん》。じゃあ俺についてきて」

「は、はい！」

俺とモモは手を繋《つな》ぎ、『隠密』スキルを使いながら魔王城へと急いだ。

「うーん、これ以上は進めないか……」

「……難しいですね」

現在俺たちがいるのは、魔王城の城下町の近くにある小高い丘。

城の周りは、ぐるりと堀と壁に囲まれている。

もっとも城壁は外敵を防ぐ、というより『ここから先は特別な場所だ』という区別の意味合いのほうが強そうだ。

そして、城下町の中に居るのはほとんどが魔族。あとは、魔族の奴隷らしき、エルフやドワーフ。人族の奴隷も居る。皆、美しい容姿をしていたり、立派な体格をしていたりと、わかりやすい特徴を備えている。

俺やモモのように平凡な容姿の者や、ひ弱な子供は居ない。

（俺とモモが奴隷のふりをして紛れ込むのは難しいか……？）

焦る気持ちを抑え、俺は『千里眼』と『聞き耳』スキルで情報収集に努めた。

魔族たちは声が大きく、『聞き耳』スキルで簡単に会話を拾えた。

結果わかったことは、大きく三つ。

・現在、魔王ビフロンスは不在である。
・勇者たちの処刑は、魔王ビフロンスが戻り次第実行されるらしい。
・処刑される勇者は三名いる。ただし名前は不明。

（魔王が不在なのは、不幸中の幸い……か）

あと、面白い話も聞けた。とある魔族たちの会話だ。

「なあ、広場で捕まっている勇者共だけど、なんでさっさと処刑しないんだ？」

「お前、知らないのか？　勇者を殺すと、次の勇者が生まれるんだよ。女神が新しい勇者にスキルを授けるからな。だから、勇者を捕らえて、生かさず殺さずが一番なんだ」

「でも今回は大魔王《イヴリース》様から直々に『勇者を殺せ』って命令が下ったんだろう？」

「ああ、とある勇者は絶対に殺さないといけないらしいんだが……どいつかわからんから、

「ビフロンス様が大魔王様《イヴリース》に確認に行ってるんだとよ」

「捕らえた勇者たちを大魔王様《イヴリース》のところに連れて行っちまえばいいんじゃ……？」

「おまえ……恐れ多くも大魔王様《イヴリース》の御前に、下賤《げせん》な勇者を連れて行くとか……。どんな怒りを買うかわからんぞ」

「恐ろしや、恐ろしや。けど俺たちは大魔王様《イヴリース》の御姿《おすがた》すら見たことがないからな」

「あの御声《おこえ》を聞いただけで、震えあがってしまうよ」

「そういえば、勇者は殺さずに生け捕りのほうがいいんだよな……？」

「ああ、さっき教えただろ」

「じゃあ、魔王カイン様はどうして勇者をすぐにぶち殺してしまわれるんだ？」

「おまえ……カイン様がそんな常識的な判断をされるわけがないだろう？」

「そりゃそうか。あの御方《おかた》は頭がおかしいからなぁ」

「ああ……大魔王様《イヴリース》とは違った意味で恐ろしい御方だ……」

　そんな会話だった。

（なるほど……）

　さっさと処刑を実行しないのは、そういうわけか。

　しかし、勇者たちの中にアベルが含まれているかどうかは、結局わからんなぁ。

　あと、前任のノア様の使徒の評判がすこぶる悪い。どんなヤツなんだろう……？

会いたいような、会いたくないような……。

「マコト様……、これからどうしましょう？」

モモは俺の隣で、移動中に見つけた林檎《りんご》らしき果物をかじっている。

すまんね、食べ物がそんなのしかなくて。

「今夜、乗り込もうと思う」

「こ、今夜ですか!?」

「ああ、魔族たちも夜は寝てるみたいだから」

魔王城の近くに到着したのは、昨日。それから丸一日、魔王城と城下町を観察した。

夜は往来の人数が少ない。

魔法で霧でも発生させて、それに紛れよう。見張りは居るが、緊張感なくだらけている。

きっと攻め込んでくる者など、居ないのだろう。

てっきり勇者が魔王城に攻め込んだんだと思ったが、城下町にすら辿り着けてなかったらしい。こんなんで、魔王軍に勝てるんだろうか……？

俺は不安に思いつつ、侵入の機会を探った。

——深夜。

「水魔法・寥廓《りょうかく》たる霧」

時刻は丑三《うしみ》つ時《どき》くらいだろうか。俺は魔法を唱え、一帯を霧で覆った。

『隠密《おんみつ》』スキルを使いながら、ゆっくりと魔族の街に近づく。

こんな時に、フリアエさんが居たら『睡魔の呪い』でもかけてもらうんだけどなぁ。

ま、ない物ねだりだ。

門をくぐると門番に見つかるので、堀と城壁を越えていく。水魔法で空中に水の道を作り、そこを水魔法・水中歩行で移動した。

モモとは、ずっと手を繋いでいる。その表情は、緊張で強張《こわば》っている。

（先に『冷静』スキルを覚えてもらったほうがよかったかな）

次からの反省点だ。そんなことを考えつつ、俺たちは街への潜入に成功した。

街の中央には、霧ごしでもわかる巨大な魔王城が建っている。

勇者の処刑は、魔王城の正面の広場だと聞いた。

魔族の街の大通りは、魔法の街灯で照らされている。俺とモモは、なるべく裏通りを歩いた。『索敵』スキルを使うと、敵の反応があり過ぎて怖くなってやめた。

『危険感知』スキルを頼りに、魔族を避けつつ街の中央を目指す。

敵地に潜入したテロリストは、こんな気分なのだろうか？

途中、現地の魔族が歩いていたが深い霧と『隠密』スキルでやり過ごし、なんとか無事に広場らしきところに到着した。

（モモ……大丈夫か？）

（は、はい……怖いですが、マコト様と一緒なら平気です）

俺たちは建物の陰に隠れ、小声で会話しつつ広場の様子を窺《うかが》った。

ぎゅっと握ってくるモモの手を握り返す。

見張りの魔物は……約十体。魔物の種別はガーゴイルだ。厄介だな。

そして、広場の中央には幾つかの檻《おり》があった。中に人影が見える。

（どうする……？）

ガーゴイルは、広場にぽつぽつ建っている大きな柱の天辺《てっぺん》に鎮座している。

敵は広場全体を見渡せ、奇襲も難しそうだ。うーむ、慎重に行動したいけど長居もしたくない。どうしたものか……。

――『聞き耳』スキル。

ガーゴイルたちが、会話をしているので聞いてみた。

「なぁ、今日は随分と霧が濃いな」

「ああ、全く嫌な日だ。身体《からだ》が湿って気持ち悪いったらねぇよ」

「あー、焚火《たきび》にでもあたって、身体を乾かしてぇなぁ……」

「同感だ、ちょいと休憩しないか？」

「でもよー、隊長に怒られるぜ？」

「なあに、ほんの一時間くらい焚火にあたるだけよ。気分もすっきりして、見張りに集中できるってもんさ」

……ガーゴイルって石の魔物だよな？　湿気が嫌いだったのか。よーし！

（──水魔法・深く深い霧）

相手が嫌がっていることは、進んでやってあげよう。

「うぉ！　さらに霧が濃くなったぞ」

「やってらんねぇ！　俺は焚火にあたるぞ！」

「あ！　ずりぃな！　俺も行きたい！」

「おい！　せめて誰か残れよ！」

「だったら、隊長が残ってくださいよ！」

「ふざけんな、年功序列だ！」

ガーゴイルたちは行ってしまった。

一応、一体だけ残っているようだが、大回りすれば気付かれずに檻に辿《たど》りつけそうだ。

出遅れたガーゴイルは不満をぶつぶつ言っており、見張りに集中していない。

職務怠慢だが、俺にとっては幸運だ。俺は深い霧の中を、ゆっくり『隠密』スキルで檻に近づいた。檻の中に人影が見える。

檻の中には、両手両足に枷《かせ》がされており、身体は鎖で縛られている男が居た。眠っているように見えたが、俺が近づくとすぐに目を覚ました。男は、警戒した目を向けた。

「あんた……人族か？」

男は怪訝《けげん》な顔をした。

「勇者を助けに来た。あんたは勇者で間違いないか？」

俺は簡潔に目的を述べると、男は目を見開いた。

「その通りだ。捕まってしまってこのざまだが……。助けはありがたい……が、この檻は魔王の腹心『シューリ』が闇魔法で造ったもので、開けることは極めて困難……」

俺は、その言葉を待たずにノア様の神器《たんけん》を腰から抜いた。

――シャラン、と小さな音がして神器の刃が、檻の格子を切断した。

「なっ!?」

驚く男を無視して、檻に入ると身体を縛っている鎖を切断し、枷も斬った。

音を立てないように、受け止めたら「重っ！」うっかり落としそうになって、モモに受け止めてもらった。

「大丈夫ですか？　マコト様」

「助かったモモ」

「は、はい！」

どうやら俺はモモより非力らしい。悲しい。

「あんたは……一体」

男は呆然《ぼうぜん》としている。

「名前はマコト。太陽の女神様《アルテナ》の神託で、勇者を助けに来た。あんたの名前は？」

と尋ねた。それを聞くと、すぐに真剣な表情になった。

「俺は『土の勇者』ヴォルフだ。ありがとう、助かった。他の檻に仲間が居るんだ。助けてくれ」

アベルじゃなかった。が、他にも居る。そっちはどうだ？

「わかった。仲間も勇者か？」

「ああ、そうだ……向こうの檻に捕らえられているのは『木の勇者』ジュリエッタと『雷の勇者』アベルだ」

「っ!?」

俺は心の中で、ガッツポーズをした。

——救世主アベルとの接触に成功した。

雷の勇者アベル。土の勇者《ヴォルフ》さんは、確かにそう告げた。

光の勇者と呼ばれていないことは気になったが、救世主アベルは『光の勇者』スキルと

『雷の勇者』スキルの二重勇者《ダブル》スキル保持者。だから、間違いないはずだ。

「……他の人たちも檻から解放しよう。モモ、行こう」

「はい、マコト様」

「あんたが何者か、あとで教えてくれ」

俺たちは、小声で会話しつつ残りの檻に向かった。

隣の檻で縛られていたのは、髪の長い女性だった。この人が、『木の勇者』ジュリエッタさんだろう。俺は彼女を縛っている鎖を短剣で切った。

そして、その奥の檻。中に居たのは俺と同い年くらいの線の細い青年だった。

暗がりではっきり見えないが、輝くような金髪に整った顔をしている。

俯《うつむ》いていて表情は見えない。

(彼が……救世主アベルなのか？)

ついに出会うことができた。

異世界にやってきてから様々な場所で、散々聞かされてきた伝説の人物。その事実に密《ひそ》かに感動しつつ、俺は土の勇者さん同様に、女神様の短剣で檻と鎖を切断した。

「その短剣……一体、何でできてるんだ？」

土の勇者《ヴォルフ》さんが興味深そうに、俺の短剣を凝視している。

「あ、ありがとう……あなたは？」

「…………」

木《ジュリエッタ》の勇者さんに御礼《おれい》を言われたが、雷《アベル》の勇者さんは俯いたままだった。

「俺はマコトで、こっちがモモです。あなたたちを助けにきました。ひとまずここを離れましょう」

「だそうだ、行くぞ。ジュリエッタ、アベル」

「わかりました、ヴォルフ」

「…………はい」

どうやら三人の中で、土の勇者さんがリーダー格のようだ。

俺たちは霧の中を、見張りのガーゴイルに見つからないよう広場を離れた。しばらく街の裏通りを進み、城壁付近までやって来た時。

――ガン！　ガン！　ガン！

大きな金属を叩《たた》く音と、「勇者が逃げたぞ！」「探せ！」という大声が聞こえた。ち、バレたか。

「走るぞ！」

ヴォルフさんの掛け声に、俺たちは一気に城壁まで駆け抜けた。城壁の高さは約三メートル。俺やモモは飛行魔法が使えないから、どうやって乗り越えようかと考えていたら。

「ぬん!!」

野太い声と共に、ヴォルフさんが壁を拳で粉砕した。壁に巨大な穴ができる。流石《さすが》、勇者。

その穴を通り、外側にある堀を飛び越え……られず落ちそうなところを、ジュリエッタさんに慌てて手を引っ張られた。

「だ、大丈夫？」

「ありがとうございます……」

なんで、二メートルくらいある堀をみんな簡単に飛び越えられるんだろう……？

つーか、モモって意外と身体能力高いな。

「魔族共に気付かれる前に逃げるぞ！」

「ええ、ヴォルフ！　にしても、この深い霧は助かるわね。この辺りでは珍しいけど」

「この霧はマコト様が発生させたんです！」

「あら？　そうなの？　凄《すご》いわね、こんな広範囲に」

「そうです！　マコト様は凄いんです！」

木の勇者さんとモモが楽しそうに会話している。仲良くなるの早くない？

「おしゃべりもほどほどに、な」

「「はーい」」

土の勇者さんは苦笑し、勇者アベルは無言のまま。暗い表情でずっと俯いている。

なんかイメージと違うな。それからしばらく俺たちは走り続けた。

土の勇者さんや、木の勇者さん、勇者アベルは身体中傷だらけで、裸足《はだし》だったが驚くほど走るのが速い。俺たちは、暗い森の中を走り続けた。何とか逃げ延びることができた。


「いやぁ、助かった、助かった！」

「はぁ〜……、今回はもう駄目だと思ったわー」

俺たちは、土の勇者さんが魔法で造った洞穴でキャンプをしている。

焚火の近くでは、串に刺した野ウサギやら、野鳥を捌《さば》いたものが焙《あぶ》られている。

木の勇者さんが、仕留めたものだ。肉の焼けるいい匂いがしてきた。

……ぐぅ〜、とモモの腹が鳴った。

「はうっ！」

モモが、赤くなった。

「お、嬢ちゃん。空腹なんだな。食ってくれ、あんたらは命の恩人だ」

「モモちゃん〜、いっぱい食べてねー」

「いえ！　マコト様が全部やったことでして……」

「モモ、食べておけよ」

俺はあんまり空腹でなかったので、モモに食べるよう促した。

モモは、木串に刺さった肉にかぶりついている。俺はそれを微笑《ほほえ》ましく眺める……ふりをして『RPGプレイヤー』の視点切替を使って、三人の勇者を観察した。

『土の勇者』ヴォルフさん。長身で体格が良く、全身についた傷は歴戦の証《あかし》だろう。

初見の時は、ずっと厳しい表情だったが今は豪快に笑って焼けた肉を食べている。

「酒が欲しいな！」とか言ってるあたり、俺は水の街《マッカレン》の熟練冒険者ルーカスさんを思い出した。ルーカスさん元気かなぁ……。

『木の勇者』ジュリエッタさん。

栗色《くりいろ》の長い髪に、長い耳。ジュリエッタさんは、エルフだった。しかも、凄い美人のエルフだ。服装はボロボロで、際どい位置の肌が見え隠れしているが、それをあまり気にしている様子はない。モモが気に入ったようで、しきりに構っている。

モモも、年上の美人なお姉さんと話せて嬉《うれ》しそうだ。

そして――

『雷の勇者』アベル。

透きとおるような金髪に、蒼玉《サファイア》のような青い瞳。

女性と見紛《みまが》うような美形だが、筋肉や胸元から男性とわかった。

さきほどからまったく口を開かず、ぼんやりと焚火《たきび》を眺めている。

「なぁ、アベル……、マコト殿とモモ殿へ御礼くらい言ったらどうだ？」

「そうよ、私たちを助けに来てくれたのよ？」

「…………」

勇者アベルは、それでも何も喋《しゃべ》らない。

「すまんな、マコト殿。アベルは先の戦いで親しい人を亡くしてしまって……」

「普段は、もっと明るい子なのよ？」

ヴォルフさんとジュリエッタさんの申し訳なさそうな声に、俺は首を横に振った。

「もう少しで処刑されそうな目にあったんですから、仕方ありませんよ。俺は勇者を助けるという太陽の女神《アルテナ》様の神託が守れて良かった」

「それよ、それ！　ねぇ、マコトくんって何者？　勇者？　でも女神様の声が聞こえるのって巫女《みこ》よね？　でもマコトくんは男の子だし、どーいうこと!?」

「えっと……複雑な事情がありまして」

木の勇者さんが、今度は俺に興味を持ったのかぐいぐい迫ってくる。

ふわぁ、なんか良い匂いがする……。ジュリエッタの性格、水の街《マッカレン》の冒険者ギルドの受付嬢のマリーさんを思い出すなぁ。

おっと、そうだ。雑談もいいけど、色々聞いておかないと。

「これからどこに行く予定ですか？」

俺とモモは根無し草だ。できれば、彼らと一緒に行動したい。

「ああ、俺たちは拠点に戻るよ。よければ、マコト殿も一緒に来てくれないか？　そこで色々と今後の相談をしたい」

お、拠点があるのか。よかった。

「俺とモモは、行く当てがないのでご一緒します。拠点ってどこなんですか？」

「えっとね、大迷宮《ラビュリントス》って知ってる？」

教えてくれたのは木の勇者《ジュリエッタ》さんだった。って、え？

「大迷宮《ラビュリントス》ってダンジョンですよね？」

「そう！　そこの上層に拠点を作ってるの。魔王が支配してる西の大陸じゃ、まともな街が存在しないからさぁ……。ダンジョンに隠れるしかないの……」

はぁ～、そうやって身を隠してるのか。魔物がいるダンジョンのほうが安全とは……。

「マコト殿は、一体どこから来たのだ？　モモ殿は、牧場出身らしいが、マコト殿は違うだろう？　魔物に攫《さら》われたとは思えない。しかし、この辺りの地理には疎いというのが、よくわからんなぁ」

土の勇者《ヴォルフ》さんが不思議そうに尋ねてきた。

「遠い国からやってきまして……」

千年後からやってきました、とは言えないので曖昧に誤魔化した。

「よし、おしゃべりはこれくらいにしよう。仮眠をとって、一気に拠点まで急……」

ヴォルフさんの言葉が途中で途切れた。ズシン、と足元が揺れた。魔法を撃ちこまれた!?

「いるぞ！」「勇者か!?」「わからん、とりあえず引きずり出せ！」「魔王様に逃がしたことがバレれば、我々が殺されるぞ！」

そんな声と、大勢の足音が聞こえた。追手か!?

「見つかったか！　行くぞ、アベル！　ジュリエッタ！」

「あー、もう最悪！」

「マコト様!?」

土の勇者さんは、勇者アベルの肩を叩き、木の勇者さんはキー！　と頭を掻《か》きむしっている。俺は青い顔をしているモモの手を引っ張った。

……一口くらい、肉を食っておけばよかった。

「うおおおお！」

洞穴につっこんできたガーゴイルを土の勇者さんがぶん殴った。そのまま外に飛び出すのに、俺たちは続いた。

「うわっちゃー、囲まれてるなぁ」

木の勇者さんの言う通り、ざっと見ただけで魔物や魔族が百体近くいる。正面に、巨大な犬の魔物が見えた。こいつが猟犬か。匂いを辿《たど》られた？

「モモ、俺から離れるな」

「はい、マコト様!」

俺はモモの手を引き、守るように短剣を構える。

一昨日からほとんど眠れていないので、少し集中力が落ちているのを感じた。

「勇者だ、捕らえろ!」「無理なら、殺せ!」「ヴォオオオオオ!」

次々と魔物が襲ってくる。どいつもこいつも、結構強い。

「水魔法・水龍」

俺に突進してくる魔物を、水魔法で追っ払う。連日、水の精霊から魔力《マナ》を借り続けているせいか、少し威力が弱い。が、俺よりも心配なのは勇者の面々だ。

なんせ、捕らえられている時と同じ服装なので、布の服に素手だ。

土の勇者さんは、十体くらいの魔物と素手で渡り合っている。

木の勇者さんは、その辺の植物から木魔法で即席の鞭《むち》を作って応戦している。

その動きは淀《よど》みなく、熟練の技を感じた。

……心配なのは、雷の勇者《アベル》さんだ。

ふらふらと、魔物の猛攻を凌《しの》いでいるが覇気がまるでない。大丈夫か……?

幸い土の勇者と木の勇者は強かった。ほとんど、二人で魔物を倒してしまった。

何で捕まったんだこの人たち? 俺は、合間合間で水魔法で二人をフォローした。

（よかった、なんとか凌げそうだ……）

　ほっと、一息つきそうな時。

「アベル!!」

　ジュリエッタさんの悲鳴が聞こえた。見ると足を滑らせたのか、勇者アベルが尻もちをついている。その上から飛竜《ワイバーン》に乗った骸骨騎士が槍《やり》を構え突撃していた。

　ま、マズイ！　俺は慌てて、水の精霊を呼んだ！　精霊さん！　助けてくれ！

　水の精霊が一匹だけ、現れる。

「マコト様!?」

　俺がアベルに気を取られているうちに、すぐ隣を巨大な獣が通り過ぎた。

　気が付くと、モモがグリフォンの鉤爪《かぎづめ》に捕らえられていた。

「モモ!?」

　グリフォンは、ぐんぐん上昇していく。

「え？」

　一瞬、状況に頭が追い付かなかった。

　数秒後に串刺しになりそうな勇者アベルと、連れ去られている少女《モモ》。

——勇者アベルが死ねば、世界は終わる。

太陽の女神様《アルテナ》の声が頭の中で響いた。考える暇はなかった。

「水魔法・龍爪」

俺は短剣に纏《まと》わせた水の精霊の魔力《マナ》を刃にして、飛竜と骸骨騎士に放った。

魔物がバラバラになる。

慌てて振り向いた時、モモを攫ったグリフォンは遥《はる》か上空で小さな影になっていた。

「勇者共！　こいつの命が惜しければ、魔王城まで来い!!」

「マコト様――!!」

『聞き耳』スキルで、なんとかその声も拾えた。

その後、土の勇者《ヴォルフ》さんと木の勇者《ジュリエッタ》さんの奮闘で、魔物たちを退けることができた。

勇者アベルは、相変わらず暗い表情で黙ったままだった。

魔物は撃退できたが、誰も明るい顔はしない。

「どうする？　ジュリエッタ」

「決まってるでしょ！　モモちゃん助けなきゃ！」

ヴォルフさんの問いに、ジュリエッタさんが即答した。どうやら、彼らは魔王城へ向かう気らしい。この人たちは……骨の髄まで勇者だな。

が、ここで魔王城に戻られたら折角助けた意味がない。

「土の勇者《ヴォルフ》さんたちは、拠点に向かってください」

「え？　モモちゃんは!?」

「何を言ってるのだ！　マコト殿!?」

俺の言葉に、三人の勇者が驚いた顔をした。……アベルの表情が少し歪《ゆが》んだ。

「まともな武器も防具もなくて魔王城に戻っても、殺されに行くだけですよ」

「「「…………」」」

三人ともボロボロの布の服に素手。俺の言葉に、反論はなかった。

「あとで、俺も合流しますから。大迷宮《ラビュリントス》の上層に拠点があるんですよね？」

「え!?　マコトくん、私たちが拠点に戻ってあなたはどうするの!?」

ジュリエッタさんが聞いてきた。そんなもん、決まってる。

「俺はモモを助けに魔王城へ向かいます」

◇勇者アベルの視点◇

「モモを助けに、魔王城へ向かいます」

僕たちを助け出したその人は、あっさり告げた。

ちょっとそこまで散歩に行ってくる、とでもいうような気軽さで。

「馬鹿な！　一人で向かうなんて自殺行為だ！」

「そうよ！　私たちも一緒に向かうからっ！」

「あなたたちが死ぬと、俺の神託が失敗なんですよ」

「む……」「そ、それは……」

冷たく言い放たれる彼の言葉に、土の勇者《ヴォルフ》さんと木の勇者《ジュリエッタ》さんは押し黙った。

(うっ……)

彼——マコトと名乗る太陽の女神《アルテナ》様の神託を受けた男は、僕をまっすぐ見つめている。

そんな目で見ないでください……。こんな役立たずの勇者を……。

◇数日前の魔王ビフロンス討伐作戦◇

火の勇者をリーダーとする最強の部隊《チーム》。

今度こそ、魔王を討伐できるという自信があった。

けれど………僕たちは魔王城に辿り着く前に、魔王カインと魔眼のセテカーの強襲によって叩《たた》き潰された。勇者連合部隊の半数は、魔王カインに殺され、残りは魔眼のセテカーによって石化され、捕らえられた。

その時、部隊の隊長であり、僕の師である火の勇者は死んだ。

僕は何もできなかった。

期待の勇者と目され、多くの魔族や魔物を屠《ほふ》ってきた自信は、粉々に打ち砕かれた。

魔王とは……あれほどにも恐ろしく、理不尽な存在だったのか……。

無理だ、僕らを導いてくれた火の勇者でさえ、魔王カインには全く歯が立たなかった。

勝てるはずがない……。

僕の心は折れ、助けが来てもその気持ちは泥のように沈んだままだった。

ヴォルフさんとジュリエッタさんは、諦めていないみたいだけど、僕はもう魔王に挑もうという気力を失っていた。

だから、追手の魔物に襲われても「どうにでもなれ」と思っていた。

だけど、その結果……あの少女が攫われてしまった。

僕の所為《せい》……だ。あの時、彼は少女《モモ》より僕を助けるのを優先した。

何故《なぜ》かは、わからないけど……。

「じゃあ、俺は戻ります。三人は大迷宮《ラビュリントス》で待っていてください」

彼はそう言って、もと来た道を引き返そうとしている。

たった一人で。いいのだろうか？　彼を一人で行かせて、本当にいいのか？

「待ってください！　僕も、僕も行きます！」

その言葉は、僕の口から無意識に飛び出した。

◇

「あの……怒ってますか？　マコトさん」

僕はおずおずと、彼――マコトさんへ話しかけた。

現在、僕たちは魔王城に向かっている。

僕が一緒に行くと行った時、これまで淡々としていたマコトさんの表情が初めて歪んだ。

明確に心底嫌そうな顔をした。

そ、そんな顔をしなくても……。

「申し出は嬉《うれ》しいですが、アベルさんは安全な所に避難してください」

マコトさんは、迷うことなく断ってきた。

「待って、待って、マコトくん！　私やヴォルフは前衛だから武器や防具がないと役立たずだけど、アベルは回復魔法や支援魔法が得意なの。きっと役に立つわ！」

木の勇者さんが、僕をフォローしてくれた。

ヴォルフさんは、四人で戻るべきだと主張した。

しばらく揉《も》めたが、マコトさんの「早くモモを追いかけたい」という一言で、ヴォルフさんとジュリエッタさんは、引き下がった。

僕は、さっきの魔物たちとあまり戦っておらず疲労が少ないのと、回復魔法が使えるということからマコトさんのサポート役として同行することになった。

森の中を抜け、遠くに巨大な魔王城の先端が見えてきた。

夜は明け、見晴らしがよくなっている。

「あの、マコトさん……」

「………何か？」

「いえ……」

先ほどから、マコトさんはずっと無言だ。やっぱり怒ってる……のかなぁ。

その時、上空を大きな影が横切った。

「止まって、アベルさん」

「は、はい！」

僕とマコトさんは、近場の木の陰に身を潜める。上空の影の正体は竜《ドラゴン》の群れだった。

十数匹の飛竜《ワイバーン》の群れと、優雅に羽ばたく一匹の赤竜。あれは……。

「魔王ビフロンスの騎竜……」

「魔王が戻って来たのか」

僕の震える声を、マコトさんの淡々とした声が上書きした。この人に恐怖の感情はないのだろうか？　竜の群れは魔王城の方へ、小さくなっていった。

「じゃあ、行きましょうか」

マコトさんは、ゆっくりと前へ歩き出した。

「ま、待ってください！　魔王が戻って来たんですよ。無理です。もう、あの子を助けるのは……」

「アベルさん」

マコトさんが振り向いて僕を見つめた。僕は息を飲んだ。

彼の眼《め》は透明な水のように澄んでいて——緊張も、怒りも、恐怖も、正義の心すら、何も感じ取れない無感情な瞳だった。

「やっぱり、ヴォルフさんやジュリエッタさんの所に戻ってください」

「っ!?」

僕が怖気《おじけ》づいていると思われた？　でも、誰だって魔王は恐ろしいはずだ！

マコトさんは、無言で魔王城へ向かって進んでいる。

僕も行かなければ……。彼は振り返ることすらしなかった。

（僕が居ても居なくても、気にしていないのだろうか……？）

「一緒に来るなら、あんまり離れないでくださいね」

「!?……………は、はいっ！」

こちらを見てないはずなのに。不思議な人だ。無感情で冷たい声なのに、こちらを気遣ってくれていることがわかった。師匠や土の勇者《ヴォルフ》さんと違って、決して大きくない背中。

なのにその背を見ていると安心できる気がした。

僕は、遅れないようにマコトさんの背を追ってついていった。


「夜まで交代で仮眠を取りましょうか」

「は、はい……」

魔王城の近く、ひと二人が横になれるくらいの空間がある低木の茂み。

てっきり、すぐに魔王城に乗り込むのかと思ったら、マコトさんはここで夜を待つという。

「先に寝てください」

「い、いえ。マコトさんもお疲れでしょう。僕が見張りをします」

「……………そうですか。では一時間経《た》ったら教えてください」

そう言って横になり、数秒後に寝息が聞こえてきた。相当、疲れていたのだろう。

時刻は昼過ぎ。確かに、こっそり忍び込むにはタイミングが悪すぎる。

僕が魔王城のほうをぼんやり眺めていると、ふっと目の前を何かが通り過ぎた。

（えっ⁉）

それは青色の蝶《ちょう》だった。ヒラヒラと透き通るような羽で、マコトさんの周りを舞っている。

「これは……水魔法で造った魔法生物？」

微《かす》かな魔力《マナ》を感じた。いや、しかし……誰が？　マコトさんは寝ているのに。

僕は気付いた。マコトさんは寝ながら魔法を使っている。……ぞっとした。

休むのではなかったのか？　彼は寝ながらも常に修行をしているのだ。

「あなたは……一体、何者なんです？」

魔王城で処刑されそうな僕たちをあっさり救出して、魔王軍に攫《さら》われた少女を助けるために臆することなく、たった一人で戻ろうとする。

彼は『太陽の女神様《アルテナ》』の神託だと言った。でも、太陽の女神様《アルテナ》は僕には何も言って来ない。僕の『雷の勇者』スキルは、太陽の女神様《アルテナ》から賜ったスキルなのに……。

移動途中、マコトさんに「あなたは何の勇者スキルを持っているのですか？」と聞いた。

そしたら、「俺は勇者スキルは持ってませんよ」という答えが返って来た。

こんなに強いのに？　僕は『鑑定・聖級』スキルを所持している。

こっそりマコトさんのスキルを確認したら……、本当だった。

『水魔法』、『太陽魔法』、『運命魔法』の初級スキルに『精霊使い』。

戦闘スキルはそれだけだった。

あとは『明鏡止水』と……『ＲＰＧプレイヤー』というよくわからないスキル。

身体能力が恐ろしく低いことも衝撃だった。

そしてなにより……太陽の女神様《アルテナ》の信者ではない!?

信者ではないのに、神託を受けた……!?　頭が追い付かない。

何なのだこの人は？　魔王城のすぐ近くだというのに、スヤスヤと眠る横顔。どんな神経をしているんだろう……。僕は、彼を理解するのを諦めた。

◇高月《たかつき》マコトの視点◇

「では、出発しましょう」

「まだ、夕刻ですが……大丈夫ですか？」

勇者アベルが心配そうに尋ねてきた。

確かに昨日忍び込んだ時のように、深夜を待つ方が確実だろう。だけど……。

「モモが心配です」

「……そうですね」

俺の言葉に反論はなかった。

「アベルさんは、ここで待っていてもらってもいいですけど」

「こ、ここまで来てそれはないでしょう!?　僕も行きます」

「わかりました」

俺としては勇者アベルに死なれると困るから、留守番してもらってもいいんだけど……。にしても、久しぶりにぐっすり眠れた。

到着した当初は、勇者アベルの生死を確認できるまで気が落ち着かなかったし、救出に向かってからは二十四時間以上不眠だった。

……寝不足はダメだな。モモを攫われるような、ヘマをやってしまうし。

（精霊さん？　居る？）

（（（はーい）））

（はい、我が王）

俺の呼びかけに、いつもの水の精霊たちと水の大精霊《ウンディーネ》が応えてくれた。

よし、準備は整った。

――水魔法・寥廓《りょうかく》たる霧。

昨日の今日なので、流石《さすが》に警戒されている。

見張りの魔物の数が多い。索敵スキルで、見張りが少ない場所を探す。さらに『隠密《おんみつ》』スキルで、気配を消す。ワンパターンだけど、一番確実だ。

勇者アベルも『隠密』スキルを取得していた。ま、このご時世じゃ必須だろう。俺たちはゆっくりと魔王城の裏手から近づいた。裏門にも当然、見張りはいる。

どこか、潜り込める場所はないだろうか……？　魔王城は大きく、魔物たちも巨体だ。
人間ひとりなら、入り込める隙間があってもよさそうだけど……。
（にしても魔物や魔族が多い……）
『索敵』スキルに反応するのが、昨日の比じゃない。
逃亡した勇者たちを探すために出払っていると予想してたが……当てが外れた。
でも、そうか。モモを人質に取ってるんだ。当然、こっちも警戒するか……。
困った。その時だった。

「……………え？…………マコト……様……？」

うろうろと魔王城の周辺を探っていた時、名前を呼ばれた。
千年前の世界に俺の名前を知る人物は、四人しかいない。
だから、この声の主は俺の探している人物だ。……モモだ。
俺は慌てて声のする方に視線を向けた。
「………なっ!?」
その姿を見て、俺は衝撃で言葉を失った。
服装が変わっている。メイド服のような服装。

だけど、服装なんてどうでもいい。

「マコトさん！　だ、駄目です。間に合わなかった。その子はもう……」

勇者アベルの言葉は耳に入らなかった。俺は、ふらふらとモモに近づいた。

「……マコト様。駄目です。来てはいけません……」

「モモ……」

そうだ。謝らないと。神託のためとはいえ、約束したモモを護《まも》れず、勇者アベルを優先してしまったことを。

だけど、今は考えがまとまらない。

「マコトさん、離れてください！　その子は……吸血鬼《ヴァンパイア》にされています！」

勇者アベルが叫んだ。モモの顔が悲しそうに歪《ゆが》んだ。吸血鬼《ヴァンパイア》……？

「私は、魔王ビフロンス様の眷属《けんぞく》となりました。あなたの敵になったのです……」

俯《うつむ》き、絞り出すような声のモモの髪は、真っ白だった。

ぱっちりとした黒目は、血のような深紅に染まっている。

小さな唇から、鋭い犬歯が飛び出している。

でも、何よりも俺を驚かせたのは……モモの顔に、見覚えがあったから。

とてもよく知る人の顔だ。何度も、何度も、お世話になった恩人。

何故《なぜ》、気付かなかったんだろう？

口調が違ったから？　眼つきが違ったから？

確かにあの人はいつも不敵に笑っていて、モモとは全く似つかなかった。けど……。

（俺とは会っていないって言ったじゃないか……）

あの人は、嘘《うそ》つきだ。

どこからどう見ても、モモは――『大賢者様』その人だった。

二章　高月マコトは、出会う

「モモ……なのか？」

俺は大賢者様《モモ》の腕を摑《つか》んだ。細い腕だ。そして冷たい体温が伝わってきた。

「だ、駄目です！　離して下さい、マコト様！」

「マコトさん、危険です！　彼女は既に魔王の眷属なんです！」

モモとアベルが叫ぶ。

「吸血鬼《ヴァンパイア》……なんだっけ？」

「はい、今は自分の意思で行動できていますが、頭の中で常に魔王様《ビフロンス》の声が響いています。ひとたび、マコト様を襲えと命令されれば、私はきっと逆らえないでしょう……」

「マコトさん……吸血鬼《ヴァンパイア》の親と子は強力な『因果の糸』で繫《つな》がっています。子は親に逆らえない。魔王ビフロンスによって吸血鬼《ヴァンパイア》にされたモモちゃんはもう……」

大賢者様《モモ》と勇者アベルが俯き、悲しそうに話した。

因果の糸……聞いたことがある。教えてくれたのは、確かフリアエさんだ。

運命魔法の使い手である月の巫女《みこ》は、因果の糸を視《み》ることができるとか。

魔王ビフロンスは、因果の糸を使って子の吸血鬼《ヴァンパイア》を操る……か。

「モモ、今は大丈夫なんだよな？」

「はい……魔王様の声は聞こえますが、身体《からだ》は自由に動かせます。でも、魔王城から遠くへは行けないと思います……」

……そうか。困ったな。これじゃあ、モモと一緒に逃げることができない。

その時、空中にふわりと文字が浮かぶ。

『大賢者様《モモ》を見捨てますか？』
はい
いいえ↑

性格の悪い選択肢を表示された。『はい』を選ぶはずがない。

しかしどうする？　因果の糸なんて、一体どうすればいいのか。

そもそも俺は視えないし……本当に視えないのだろうか？

俺は運命の女神様《イラ》に運命魔法を賜った。

まだ扱いは素人同然だが、これを使えないだろうか。うーん、と俺は少しだけ悩み、

『RPGプレイヤー』スキルの『視点切替』でモモを眺めた。

――運命魔法・初級。

魔力《マナ》を瞳に集め、モモを見つめる。

初めは何も視えなかったが……徐々に、うっすらとモモから伸びる糸のような線が視えた。お、いけそうだ。その中でも、ひと際、禍々《まがまが》しく輝く血のように赤い糸。

（……こいつだな）

これがモモを縛っている。この糸の所為《せい》で、魔王ビフロンスに逆らえない。

これを切ることができれば……。俺は女神様《ノア》の短剣を、鞘《さや》から引き抜いた。

「マコトさん!?」

「ま、マコト様!?　何をっ!?」

勇者アベルとモモが驚いた声を上げる。いきなり短剣を抜けば、そりゃそうか。

「モモ、俺を信じて、じっとしていてくれるか？」

「え？…………はい。私はマコト様を信じます」

俺が問うと、モモは覚悟を決めたように頷《うなず》いた。

「ありがとう」

俺は女神様《ノア》の短剣に、運命魔法の魔力《マナ》を纏《まと》わせた。

そして、モモから伸びる血のように赤い糸を、そっと切った。

「はうっ！」びくん、とモモが痙攣《けいれん》する。

「モモ！」慌てて抱きとめた。

……はぁっ……はぁっ……はぁっ……はぁっ……はぁっ……はぁっ！

モモの小さな口から、荒い息遣いが聞こえる。俺は彼女が落ち着くのを待った。

「モモちゃん、大丈夫か!?」

アベルも心配になったのか、近くまでやってきた。

「ま、マコト様……」

「モモ、魔王の声は今も聞こえるか？」

「マコトさん、一体何を？」

アベルさんの質問には答えず、俺はモモの返事を待った。

モモが息を整え、ぱっちりとした赤い瞳で俺を見上げた。

「聞こえません！　魔王の声が、聞こえなくなりました。それに何かに心臓を縛られているような圧迫感も消えました！」

よし、うまくいった！　さすがは女神《ノア》様の短剣。何でも、斬れる。

「マコトさん、何をしたんですか？」

「因果の糸を断ち切った」

「……は？　いや、そんな……まさか」

「モモ、自由になった？」

「はい……さっきまでと全然違います。私を縛っていたモノから解放されました。マコト様……凄《すご》い」

うっとりとした目で、モモが俺の袖を摑む。

大賢者様の顔でそんな顔をされると、おかしな気分になるんだけど。

「そんなことが……それは……神の業です」

勇者アベルは、まだ呆然《ぼうぜん》としている。

「そう？」

ま、ノア様の神器だからなぁ。それくらいできるだろう。凄いのは神器だ。

「それじゃあ、モモ、アベルさん。急いで逃げ……」

「ノコノコ現れるとは……愚かな勇者よ」

嘲るような声が響き、突風が舞った。俺が水魔法で生成していた『霧』が晴れる。

霧が晴れた向こうには、俺たちを取り囲むように大勢の魔族と魔物たちの目がこちらを見つめていた。360度囲まれている。……罠《わな》にかかったか。

俺たちを取り囲む魔族や魔物の中でも、ひと際目を引く魔族がいた。

紅《あか》い甲冑《かっちゅう》を身に纏った壮年の魔族。

身の丈は二メートル以上あり、身体に纏う魔力《マナ》はどの魔族より力強かった。

「豪魔のバラム……」

勇者アベルの息をのむ声が聞こえた。その名前には、聞き覚えがある。

モモや土の勇者さんに教えてもらった魔王ビフロンス配下の腹心の一人だ。

「しかし、土の勇者と木の勇者が不在、雷の勇者だけだな。もう一人は……脆弱《ぜいじゃく》な人族……、外れだな」

魔王幹部のバラムが、髭《ひげ》を撫《な》でながらつまらなそうに言った。

「光の勇者とやら以外は、捕らえよとの魔王様のお達しだ。ただし、次は逃げられぬよう足を切り落としておけ」

「「「はっ！」」」

バラムの命令に、配下の魔族が返事をし、魔物たちが応えるように吠《ほ》える。

(光の勇者とやら……か)

魔王軍はアベルを光の勇者と認識してない？

俺はチラリと、隣に居る人物を見た。勇者アベルは緊張した表情で、構えている。

光の勇者という言葉には反応していなかった。気になる点は多々あるが、まずはこの場を乗り切らないといけない。

俺はモモを護《まも》るように肩を抱き寄せた。モモが俺の服をぎゅっと摑む。

震えている。しかし、それは恐怖ではなく、……別の感情。

憎しみの目で魔王軍の幹部を睨《にら》みつけている。

それは出会ってから、初めて見るモモの眼《め》だった。

「モモ。あいつに何かされたのか？」

「あいつに……私の母は喰《く》われたのです……」

「…………!?　そうだったのか……」

俺とモモが出会った時、母親が三日前に死んだと言っていた。

あれから数日が経過しているが、モモにとっては未《いま》だ真新しい記憶だろう。母が殺された記憶。親の仇《かたき》にいいように使われる、その無念は俺にはわからない。

「マコトさん、僕たちは包囲されていますが、数はそれほど多くない。一点を狙って突破し、逃げましょう。増援が来る前に」

勇者アベルが、俺に耳打ちした。それを聞いたモモが、悔しそうに頷いた。

「……豪魔将軍バラムは魔王ビフロンスの配下の中でも最も古参の魔族。とてつもなく強い……」

「そうですね、あいつとは戦ってはいけない。逃げましょう」

モモの言葉に、アベルが頷いた。二人の声は、緊張で硬い。

「マコトさん？」

「マコト様？」

「…………」

俺はアベルとモモの呼びかけに応えなかった。俺は、ぐるりと周りを見回した。

俺たちを取り囲む数百体の魔族や魔物たち。

いずれも、大魔王《イヴリース》の加護を受けているのか強大な魔力《マナ》を感じる。俺が居た千年後の魔物よりも、ずっと強い魔物だろう。絶体絶命の危機《ピンチ》ってやつだ。

なのに——心はとても、とても穏やかだった。

こんな状況で、心に浮かんだ言葉は「取るに足らない」という思いだった。

……スキルのせいだろうか？

（明鏡止水スキル……解除）

が、気持ちは変わらない。心は騒めかない。凪《なぎ》のように穏やかだ。

（ま、理由はわかってるんだけど……）

つい先日の太陽の勇者アレクサンドルとの戦い。

あれで俺にとっての強者の定義は、新された。太陽の勇者は恐ろしく強かった。

しかし、目の前の魔王の腹心や、数多くの魔族、魔物たちは？

（烏合《うごう》……、いやそれ以下だな）

正直、足元に蟻の群れが集まっている、程度の感覚だった。恐怖など感じるはずもない。

もしも千年《ここ》前にノア様が居ればきっとこう言っていただろう。


――マコト！　さっさとその雑魚共をぶっ飛ばしてやりなさい！


「ですね、女神様」

俺はそう呟《つぶや》くと、勇者アベルとモモを振り返った。

「モモ。迎えが遅くなったお詫《わ》びに仇を討つよ」

俺は大賢者《モモ》様に言った。

「えっ？」

モモが目を丸くする。勇者アベルはぽかんとしている。

「……聞き違いか。愚かな家畜の戯言《たわごと》が聞こえた気がしたが」

魔王の腹心バラムが不愉快そうに眉を顰《ひそ》めた。俺の声が聞こえていたらしい。

「アベルさん、モモをお願いできますか？」

俺はモモを勇者アベルに任せた。

「ま、待ってください、マコトさん！」

「マコト様！　逃げましょう！」

二人はまだ慌てているが、俺は豪魔バラムに向き直った。

「勇者以外は殺せ」

魔王の腹心《バラム》が、端的に命令を下した。

「「「はっ！」」」

魔族の軍団と、魔物たちが一斉に俺たちに飛びかかってきた。

「「「グオオオオ！！！」」」

「くっ！」「きゃああっ!!」

勇者アベルが悲鳴を上げるモモを護っている。俺は周りに呼びかけた。

「××××××××（精霊さん、適当に蹴散らして）」

((((((はーい！))))))

精霊語で、水の精霊にお願いをする。今日は精霊たちの機嫌が良い。

魔物の群れが俺たちを押し潰す寸前、

――水魔法・氷の世界《アイスワールド》。

魔物たちが一瞬で氷漬けになった。が、敵の数はまだまだ多い。

「ほう……」という魔王の腹心《バラム》の感心するような声が聞こえた。

「死ねぇ!!」真っ黒な巨大な鎌を持った魔族が、飛びかかってきた。

「あれは!?」「九血鬼将！」

モモと勇者アベルの声が聞こえた。

「××××××××××（水の大精霊《ウンディーネ》、そいつを止めて）」

（はい、我が王！）

強そうな敵なので精霊語で、水の大精霊《ウンディーネ》にお願いをした。

──水魔法・聖氷結界。

水の大精霊《ウンディーネ》の魔力《マナ》を使って聖級水魔法を放つ。

「ぐわあああああっ！」

九血鬼将とかいう魔族は、結界ごと氷漬けになった。なんか、さっきからワンパターンだけど……氷漬け《これ》が一番効率がいいんだよなぁ。

「ええい！　使えん！　一斉にかかれ！」

少しイライラとした口調となった魔王の腹心が配下に命じた。

津波のように襲いかかって来る魔族と魔物。俺はそれを水の精霊と水の大精霊《ウンディーネ》の魔力《マナ》を借りて撃退した。精霊の魔力《マナ》は、無尽蔵だ。

ただし、以前なら調子に乗って使い過ぎて暴走して、大賢者様に怒られたんだけど……。

水魔法の熟練度『999』のおかげだろうか？　どんな魔法でも、まったく疲れない。

ちらっと、勇者アベルとモモのほうを振り返った。

二人そろって、大口を開けてポカンとしている。モモは、俺と目が合うと「凄いです！

マコト様！」と瞳を輝かせている。

見た目は大賢者様だから、調子が狂うなぁ……。

「貴様！　どこを見ている！」

「水魔法・氷の世界《アイスワールド》」

激昂《げきこう》した魔族が飛びかかってきたので、氷漬けにしておいた。

……まったく数だけは多い。俺は嘆息した。

◇魔王の腹心の視点◇

我は——豪魔将軍バラムと呼ばれ、五百年に渡り魔王ビフロンス様に仕えてきた。

これまで、魔王様を狙う愚か者共を数え切れぬほど屠《ほふ》ってきた。

今回は、魔眼のセテカーが捕らえた勇者の処刑。愚かなガーゴイルたちが数名の勇者を逃がしてしまったが、そのうちの一人はノコノコ戻って来た。

『光の勇者』を確殺せよ。

それが、大魔王《イヴリース》様の命令であった。魔族太平の世となって千年が過ぎている。

『光の勇者』なるものが歯ごたえのある敵であるなら、武人として相まみえてみたいものだ、と思っていた。もっとも期待はできない。

人族たちに魔王様へ歯向かう気概を持った者は少ない。ここ百年、ましな戦士とすら出会えていない。今日までは。次々に配下の魔物が氷漬けにされていく。

「面白い……」

骨のある敵だ。不遜にも魔王ビフロンス様のお膝元で、無礼を働く輩《やから》。しかし、震えている『雷の勇者』と比べ、なんと堂々としたことか。

「我は豪魔のバラム！　魔王ビフロンス様第一の腹心である！」

腰の魔剣を引き抜き、名乗った。人族相手に名乗りを上げるなど初めてのことだった。

人族の魔法使いはちらりと我の方を見たが、返事をしなかった。

「名を名乗れ！」

「………？」

怒鳴ったが、人族の男は首をかしげたのみ。我は失望した。

所詮は下等な人族。戦士同士の名乗りすら出来ぬとは。ならば、一太刀のもとに切り捨ててくれよう。

「豪剣・闇斬り」

我の魔剣から巨大な漆黒の斬撃が放たれる。

「××××××」

その魔法使いが聞き慣れぬ言葉を発すると、巨大な結界が斬撃を防いだ。

氷結界か。大したものだが、魔力《マナ》も無限ではあるまい。

魔力《マナ》が尽きた時が、おまえの最後だ。さぁ、いつまでもつかな？

我は魔剣から更なる追撃を放った。

◇

「馬鹿な、馬鹿な、馬鹿な、馬鹿な、馬鹿な、馬鹿な、馬鹿な、馬鹿な、馬鹿な、馬鹿な、馬鹿な、馬鹿な……」

我の放つ斬撃、突き、魔法、全てがヤツの魔法で防がれた。気が付くと我の配下も全滅している。一体、どれほどの魔法を使い続けたのだろうか。

そもそも奴《やつ》は一歩もその場から動いていない。

どんな理屈だ。涼しい顔をして、魔汁を撃ち続けている。なぜ魔力《マナ》が尽きない？

「×××××？　×××……」

先ほどから聞いたことがない言葉で誰も居ない方向に向かって話している。

……いや、あれは魔王カイン様が稀《まれ》に使っている精霊語か……？

やつは、精霊使いなのか？　しかし、それでも……。

何を考えているかわからぬ目をこちらに向けた。ゆっくりと、こちらへ歩いてくる。

「こ、こい！」

我は代々受け継がれている魔剣を構え、全魔力《マナ》を魔剣に注いだ。

「うおおおおおおっ！」

使えば寿命を縮める奥義。我の全力の攻撃を魔剣を通して、放った。どんな敵も細切れに切り裂く九十九の斬撃が奴を襲う。だが……、

「……水魔法・聖氷結界」

我の奥義は、無情な氷の結界に阻まれた。奴の所には届かず、刃は止まった。

「くっ……」

全力で技を放った我は、膝をついた。地面は、白く凍りついていた。

ゆっくりと冷気が身体《からだ》に這《は》ってくる。そして、やつがこちらに迫る。魔法使いが、何故《なぜ》距離を詰める……？　だが、チャンスだ。

さ、最後の手段を……。武人らしからぬ、卑怯《ひきょう》な技ではあるが……。

「いけません、マコトさん！　豪魔のバラムの眼《め》は、恐怖の魔眼！　その目を見ると恐怖で動けなくなります！」

雷の勇者が叫ぶが、遅い。

「終わりだ!!」

我は『恐怖の魔眼』を発動させ、奴の眼を見た。相手は、動けなくなる……はずだった。

――我は生まれて初めて相手の目を見て恐怖した。

「あ……ああ………」

喉から声が出ない。

さきほどから何度名乗りを呼びかけても応えぬ訳。それを理解してしまった。

名乗りも上げられぬ知能の低い家畜〟そう見下していた。所詮は、武人ではない野蛮な戦士なのだと思った。だが、そうではなかった。

奴の眼は、……我を見る奴の眼は、――地を這う虫を見る眼だった。

我が『敵』と認めた相手は、こちらを路傍の石ころ程度にしか見ていなかった。興味がなかったのだ。我は……奴に敵だと思われていなかった。

動けない。我の身体は水魔法によって凍っている。

だが、魔王ビフロンス様に血を分け与えられた我の肉体は不死身だ。我を殺すことは、何人《なんぴと》たりともできはしない……はずだ。なのに、身体が震える。

――殺される。

絶望的な恐怖が襲ってくる。その男は腰の短剣を引き抜き天に掲げた。

「水の女神様《エイル》……、ここにある命を、貴女様《あなたさま》へ捧《ささ》げます」

奴が呼んだのは水の女神の名だった。

しかし水の勇者は魔王カイン様によって殺されたはず……。

新しい勇者が生まれた？　いくらなんでも早すぎる！

いや、そもそも水の勇者など、いつも最初に殺される最弱の勇者。

こいつが水の勇者のはずが……。貴様は……何者なのだ？

頭は混乱したが、身体を動かすことができない。

小さな短剣が我の身体に突き立てられた。次の瞬間、小さな光が周囲を取り巻いた。

（クス……クス……クス……クス……）

（キャッ！　キャッ！）

突如目の前に現れた小さな羽を生やした赤子。

むき出しの歯を見せ醜悪に嗤《わら》う天の使い《エンジェル》。そいつらが我の身体を喰《く》らってきた。

「ギャアアアアアアアアアアアアアッ！」

絶叫を上げた。生きたまま喰われる。痛みと恐怖。

なにより『魂が』喰われているということを、本能が理解した。

無理だ。たとえ、魔王様の血を分け与えられた不死身の肉体をもってしても、魂を喰われれば復活できない。

「モモ、アベルさん、終わったよ」

奴は後ろを振り向き仲間の下《もと》へ帰ろうとした。

「……ま、マテ！……ギサマは……ナニモノだ！」

最後の力を振り絞り我は問うた。やつはぽつりと言った。

「あれ？　まだ喋《しゃべ》ってる？」

「……ア……アア……」

もはや我の口から意味のある言葉は発せられない。そして悟った。

こいつは勇者ではない。

我が今まで相手にしてきた勇者は、正義の義憤か、虐げられた人族の恨みか、愛するものを奪われた復讐《ふくしゅう》か、いずれも強い感情で動いていた。

だがこいつは違う。正義も、恨みも、復讐も、何も持っていない。まるでそれが『当たり前』だと言わんばかりに。息をするように魔族を殺す。……死神だ。

魔族にとっての死神。

あぁ……お気を付けください、魔王様《ビフロンス》。忌まわしき天の神は、恐ろしい刺客をよこしてきました。ここで滅びる我をお許しください。

――家畜と見下していた人族の魔法によって、我は喰われ、滅んだ。

◇高月《たかつき》マコトの視点◇

「……ギャアアアアアアア！！！」

魔王の腹心の断末魔が響いた。うへぇ、くわばらくわばら。

……前も思ったけど、この技エグ過ぎません？　水の女神様《エイル》。

もしかしたら、水の女神様《エイル》の声が聞こえたりするかなって思ったけど、何も聞こえなかった。これ、ちゃんと生贄術《いけにえ》として発動してるのかな？

俺は小天使《エンジェル》たちが、魔族を喰らう様子が醜悪《グロテスク》だったので、目を逸《そ》らしていたが……改めて、そちらを振り向いた。今は、跡形も残っていない。うん、一応倒せたようだ。

（成仏してください……）

この世界の流儀ではないが、両手を合わせておいた。

「マコト様！」

大賢者様《モモ》が抱きついてきた。

「モモ、仇《かたき》を討ったよ」

「す、凄《すご》いです！……マコト様、私、わたし」

ぎゅーっと、抱きしめてくるのだが吸血鬼《ヴァンパイア》になった大賢者様の力が強い。

ちょっと、苦し。

「マコトさん！　長居は危険です、ここを離れましょう！」

勇者アベルが焦った声で、俺を呼んだ。確かに魔王ビフロンスは城内に居るはずだし、魔眼のセテカーあたりに見つかったらまずい。あっという間に、石化されて全滅してしまう。

俺は再び水魔法で『霧』を発生させ、『隠密《おんみつ》』スキルを使ってこそこそとその場を離れた。途中、何回か追手に見つかったが全て『精霊魔法』で撃退した。

俺たちは再び、魔王領『人間牧場』からの脱走に成功した。

◇勇者アベルの視点◇

あれから丸一日、僕たちは逃げ続けた。前回との違い。

それはモモちゃんが『吸血鬼《ヴァンパイア》』であることだ。魔物化したモモちゃんは、体力が大幅に増えているようで長時間の移動を苦としていなかった。

「ちょ、ちょっと休憩を……」

最初に力尽きたのは、マコトさんだった。魔王の腹心をあっさりと倒すほどの凄腕《すごうで》の魔法使いなのに……意外だ。

しばらく歩いて、隠れられそうな洞穴で僕たちは休息を取った。

マコトさんはすぐ横になり、モモちゃんは見張り。

僕は近場で水を汲《く》み、魚を何匹か獲《と》ってきた。

「料理は私に任せてください！」

モモちゃんが、料理人を買って出た。焚火《たきび》をするのかと思ったが、石を火魔法で焼いて
その上で魚を焼いている。

へぇ……焚火より、煙が少ない。いい方法だ。魚が焼けるいい匂いが漂ってきた。僕は
手持ちの塩を、魚の身に振りかけた。

「どうぞ、できましたよアベルさん。マコト様、起きてください」

「ありがとう、モモちゃん」

「おはよう……モモ、アベルさん」

僕とマコトさんは、脂が乗った焼き魚をかじった。

美味《おい》しい……、その味を噛《か》みしめながら、改めて生き残ったことを実感した。

豪魔のバラムを倒すなんて……、僕はマコトさんを眺め、そして隣のモモちゃんの様子
に気付いた。

「モモちゃんは、食べないのかい？」

自ら作った料理を、この子は全く口に運んでいない。

「あの……、私は、今はお腹《なか》が空《す》いていないので……」

青白い顔でモモちゃんは弱々しく答えた。

あれだけ動いて空腹じゃないはずがないんだけど……。

「ああ、そういうことか」

モモちゃんの様子を見て、マコトさんがすぐに何かを察したように言った。

「モモ、俺の血を飲んでいいよ」

「!?」

そ、そうか!? モモちゃんは吸血鬼《ヴァンパイア》。だから食事には『血』が必要なんだ。

「ま、マコト様！ 違います、私はっ！」

モモちゃんが真っ青な顔をして、首をぶんぶんと振る。吸血鬼《ヴァンパイア》は血を飲まずには存在できない。魔族とはそういうものだ。魔王軍の魔族や魔物たちにとって、人族は食料。

だから、魔族と人とは共存できない。

「私は血を飲んだりしません！ しませんから！ お願いです、私を見捨てないで……」

泣きそうになりながら、必死で否定するモモちゃんを見て僕は息苦しくなった。

気付かなかった。この子は、こんなに悩み苦しんでいたのか。が、マコトさんは気に留めていない様子だった。

「いいから、さっさと飲めって」

マコトさんは、モモちゃんを抱き寄せ首元に口を持ってきた。

な！　マコトさんって、見かけより強引なんですね!?

「はぅっ、マコト様!?　あのっ……？　私が血を吸っても厭《いと》わないのですか……？」

「気にしないから。ちゃんと飲まないと、倒れるぞ」

「は、はい……では、失礼します」

モモちゃんが、おそるおそるマコトさんの身体《からだ》に乗り、首に腕を回した。

首筋に小さな口が触れ、「くっ」とマコトさんが少し痛そうなうめき声をあげた。

モモちゃんが、ぎゅっと強く身体を抱きしめ、コクコク喉が鳴った。

しばらくそれが続き「はぁ」というため息と共に、モモちゃんが口を離した。血色が良くなり、頬はピンクに染まり、顔は恍惚《こうこつ》としている。

「マコト様……」

モモちゃんはうっとりとした顔で、マコトさんの身体に乗ったままだ。

可愛《かわい》らしい唇が血で真っ赤に染まり、幼い顔が妖艶に感じる。

そして、その唇がマコトさんの口にゆっくりと近づき……って、えっ!?

ぺちっと間抜けな音がした。

「あたっ」

マコトさんが、モモちゃんの額を軽くはたいた。

ここでモモちゃんが「はっ!?」とした顔をして、その後、真っ赤になった。

「わ、私は何てことを⁉」

「あー、いや。悪いモモ。『魅了』スキルを使いっぱなしだった」

「「え？」」

マコトさんの言葉に、僕とモモちゃんは驚きの声を上げた。

「精霊魔法に必要なんだ。もうスキルを止めたから大丈夫」

「はぁ……」

「俺は休んだから、次はモモが休んで。少し休憩したらまた移動しよう」

「は、はい……。あの、マコト様。私は吸血鬼《ヴァンパイア》ですが……本当にご一緒してもよろしいのですか？」

「ああ、俺は気にしないよ」

その時、マコトさんが僕の方を見た。

「ぼ、僕も大丈夫。マコトさんがいいなら！」

本当は、吸血鬼《ヴァンパイア》になったモモちゃんが少し怖かったけど、駄目とは言えなかった。

「……嬉《うれ》しいです。こんな身体になった私を……」

モモちゃんは、ほっとした顔になった。そしてすぐに眠りについた。

本当は、休みたかったのだろう。体力は増えても、彼女はまだまだ子供なんだ。

それに気付かず、僕は……。マコトさんが、モモちゃんの真っ白な髪を撫《な》でている。なんて余裕があるんだろう。

「アベルさんは、休まなくて大丈夫？」

マコトさんが、僕にも気を使って声をかけてくれた。

「僕は、大丈夫です」

「そうですか」

実際、僕は何もしていない。何か手伝えることがあれば、と思ったけど結局何もできなかった……。

「「……」」

僕たちは、無言になった。何もすることがなくなると、マコトさんは水魔法で生き物を作って操りはじめた。目の前を、キラキラ光る小さな魚の群れが通り過ぎた。

……凄い。小さな魚の一匹一匹が信じられないくらい繊細な造形をしている。

鱗《うろこ》が煌《きら》めき、ヒレが揺れ、瞳が動いている。

これほど緻密な魔法、どれほど集中しているのだろう、と彼の顔を見た。

マコトさんは魔法のほうに全く視線を向けず、モモちゃんの顔を妹を見る兄のような顔で眺めていた。駄目だ。とても敵《かな》わない。この人は本当に凄い。

正直、魔王城からモモちゃんを助けるなんて不可能だと思っていた。

マコトさんは、無謀な行いをしようとしているのだと。だけど、終わってみれば当然のようにモモちゃんを救い、魔王の腹心まで倒した。まるで勇者そのものだ。

僕の師匠が『こうあれ』と言っていた、理想の勇者の姿だった。

「マコトさんは……どうしてそんなことができるんですか？」

「え？」

気が付くと、口に出していた。

「僕は駄目な勇者です。『雷の勇者』として太陽の女神様《アルテナ》にスキルを頂いておきながら、使いこなすことができない……。これから向かう『大迷宮《ラビュリントス》』に居る中で一番弱い勇者です。僕に目をかけてくれた師匠も魔王カインによって、僕の身代わりに殺されてしまった……」

気が付くと、ぽたりと涙があふれていた。情けない……。

「僕なんかが生き延びたって、駄目なんです……。師匠が、……火の勇者が生き延びるべきだった……」

マコトさんの立派な行いと比べて、自分の弱さが嫌になる。口から出るのは、泣きごとばかりだった。その間、マコトさんは何も言わなかった。

僕が視線を上げると、こちらをじっと見つめていた。勇者らしからぬ、情けない言葉に失望した……というわけではなさそうだ。

きょとんとしたその顔は、何を考えているのかわからなかったけど、強いて言えば『不思議そうな』顔に見えた。僕は恥ずかしくなった。

「マコトさん、変なことを言いました。すいません。マコトさんは大迷宮《ラビュリントス》で土の勇者さんや木の勇者さんとパーティーを組んでください。僕は正直、勇者は向いていません。きっと足を引っ張るだけになるでしょう……」

「アベルさん、そんなことはないですよ」

僕に気を使って、マコトさんが励ましてくれたが僕には響かなかった。

「いいんです。僕には魔王と戦うなんて、到底無理……」

「アベルさんに俺の神託を正確に伝えますね」

僕の言葉を、マコトさんが遮った。太陽の女神様《アルテナ》の神託のことだろうか。それなら前に教えてもらったので、覚えている。

「神託は……勇者を助ける、ですよね？　だから土の勇者さんや、木の勇者さんを助けるために魔王城まで命がけで来てくれた」

「違います」

マコトさんは、首を横に振った。違う……？　では、一体。

「勇者アベルを助けるように」

「え？」

マコトさんの言葉の意味を理解できなかった。この人は今、何て言ったんだ？

「俺が太陽の女神様《アルテナ》に命じられた神託は『勇者アベルを助けろ』ですよ。だから俺は、アベルさんを助けにきたんですよ」

真っすぐ視線を向けられ僕の頭は、真っ白になった。

◇高月《たかつき》マコトの視点◇

「…………え？　そ、…………ぼ、僕を？」

勇者アベルはポカンと大口を開けて静止した。たっぷり十秒ほど固まった勇者アベルが口を開いた。が、うまく喋《しゃべ》れていない。だから俺は先に言葉を重ねた。

「そーいう訳なので、これからもよろしくお願いしますね」

「…………は、はい。こちらこそ、よろしく……おねがいします」

勇者アベルは、こくこくと頷《うなず》いた。よし、言質《げんち》を取った。

勇者アベルのパーティーに入れたぞ！

俺はちらっと、膝の上でくーくー寝ている大賢者様《モモ》に視線を落とした。

モモは、勇者アベルの『真の仲間』だから、一緒にいればいいはずだ。

あとは『聖女』アンナとルーシーの曽祖父ジョニィ・ウォーカー。

その時、ふと疑問に思った。

（俺はいつまで勇者アベルと一緒にいればいいんだろう？）

「……マコト……様」

モモの寝言が聞こえた。モモを置いてどこかには、行けない。とりあえず、しばらくは同行かな。そういえば運命の女神様《イラ》が「私を探せ」って言ってたっけ？

運命の女神様《イラ》に相談しようかな、未来視《み》れるし。

でも、イマイチ不安が残るからなぁ、あの女神様《ひと》の予知は。

ふと見ると、勇者アベルも壁にもたれて寝息を立てている。疲れているようだ。

——明鏡止水スキル。

スキルで眠気を飛ばし、見張りを行った。幸い見張りをしている間、追手は来なかった。

◇

それから七日間かけて、俺たちは大迷宮《ラビュリントス》に辿《たど》り着いた。

（すげー、遠かった……）

以前は、ふじやんの飛行船でひとっ飛びだったからなぁ。

千年前では、移動手段は原則『徒歩』だ。勇者アベルは、勇者だけあって身体能力に優れている。モモも吸血鬼《ヴァンパイア》化したことで、体力がある。俺はついて行くのが精いっぱいだった。

「マコトさん、もうすぐ大迷宮《ラビュリントス》の入口です」

「マコト様……、大丈夫ですか？　私がおんぶしましょうか？」

「…………」

返事をする気力がなかった。遠くに、巨大な迷宮《ダンジョン》の入口が見えた。

──『大迷宮』ラビュリントス。

（変わってない……）

千年前にやってきて、何もかも違っていたけどここだけは以前に訪れた時と同じだった。

少し感慨深い。もっとも、大迷宮《ラビュリントス》の手前にあった冒険者の街はないし、街道もなかった。

雑草をかき分け、ここまでやってきた。

「ちょっと、待っていてください。ここからは見えませんが、見張りがいるんです。僕が先に行ってお二人のことを伝えてきます」

そう言って、アベルは大迷宮《ラビュリントス》の入口へ向かった。

俺とモモの二人きりになった。

「マコト様……。私は魔族ですが、本当にご一緒してもいいのでしょうか？」

「平気、平気。堂々とすれば、誰も気づかないってアベルさんが言ってたろ？」

この大迷宮《ラビュリントス》の隠れ家には、人族以外にエルフやドワーフ、獣人が居るそうだが、流石《さすが》に

『吸血鬼《ヴァンパイア》』は居ないらしい。

だけど、みんな種族がバラバラだから細かいことは気にされないとのことだった。

しばらく待っていると、すぐに勇者アベルが戻って来た。

「マコトさん、モモちゃん。案内します、どうぞ」

俺たちは、抜け道のようになっている入口から大迷宮《ラビュリントス》の中に入った。


「……わー、すごい」

モモが感嘆の声を上げた。

入口からは全く見えなかったが、大迷宮《ラビュリントス》の上層の通路に沿って、縦長い街が広がっていた。恐らく魔法で築いたであろう、石造りの建物がずらりと並んでいる。

住人も多くて、人族、エルフ、獣人、他にも初めて見る種族も多い。

共通点は全員が武器を持っていることだろうか。どうやらここは戦う人の街らしい。

「マコトくんー！　モモちゃんー！」

エルフの女の人が、俺とモモに抱きついてきた。緑色の鎧《よろい》をピシッと着込んだ姿は、最後に会った時と別人のようだが、顔は見覚えがあった。

「木の勇者《ジュリエッタ》さん、ご無事だったんですね」

「心配してたんだからー、って、あら……モモちゃん。その姿……」

モモの変化にすぐに気付かれた。

「ジュリエッタさん、こっちで話せますか？」

俺は人目のつかない場所に移動して、事情を説明した。

「えええっ！　モモちゃんが、魔王の眷属《けんぞく》になったけど、マコトくんが『因果の糸』を切った!?」

木の勇者さんが、口をおさえて驚いている。

「僕は目の前で見ても信じられませんでした。マコトさんの行動は、規格外過ぎます……」

「マコトくんって何者？」

「太陽の女神《アルテナ》様の神託でやってきた一般人ですよ」

勇者アベルと木の勇者さんに説明したが、疑わしそうな眼《め》を向けられた。

別に嘘《うそ》は言ってないんだけどな。

「まあ、いいわ。土の勇者《ヴォルフ》にもこのことは伝えておくわ。モモちゃんが吸血鬼《ヴァンパイア》であることは、他の人には隠しておきましょう。ところで、マコトくんとモモちゃんはこれからの予定は？」

「俺はとりあえず、休みたいです……」

足が限界だ。

「私は、マコト様と一緒にいます」

モモも俺と同じらしい。

「わかったわ。アベル、あなたの隣の部屋が空いてるわよね。そこを使ってもらうのがいいと思うんだけど、どう？」

「……えぇ、そうですね」

「ごめんなさいね、この街、場所の余裕がなくて二部屋も用意できないの。マコトくんとモモちゃんは同室になっちゃうけど」

どうやら、俺とモモは同じ部屋になるらしい。

「モモ、それでもいいか？」

「勿論《もちろん》です！　むしろ嬉《うれ》しいくらいです！」

「？　わかった」

モモは同じ部屋で問題ないみたいだ。

「マコトさん、では案内しますね」

そう言って歩いていく勇者アベルについて行った。ほどなくして、石レンガでできた簡素な集合住宅に辿りついた。

「この部屋です。今は誰も居ないので、自由に使ってください」

そう言ってアベルは去っていった。俺とモモは、部屋に二人きりになった。部屋は小さく、ベッドと簡易なテーブルがあるだけ。

「モモ、ベッドを使っていいよ」

俺は部屋の中を見回し、どの辺で寝るかを考えた。その時、小さな手鏡が落ちているのを見つけた。

拾って裏面を見ると、

――オルガ。

と名前が彫ってあった。その名前には聞き覚えがあった。

俺は『勇者アベルの伝説』の本を取り出した。

勇者アベルの師『火の勇者オルガ』。

有名人だ。火の国《グレイトキース》のタリスカー将軍の娘さんも、きっと千年前の伝説の勇者の師から名前を貰《もら》ったのだろう。そして、現時点で火の勇者は亡くなっている。

さっき勇者アベルが少し暗い表情をしていた理由がわかった。

(そうか、この部屋は勇者アベルの師匠の部屋なのか……)

恐れ多いな。

「マコト様……?」

俺が考え込んでいるのを、モモが不安そうに話しかけてきた。

「ゴメン、ゴメン。モモは先に寝ていいよ」

「あの……私だけがベッドを使わせてもらうのは恐縮なので、一緒に寝ませんか？」

おずおずと提案された。

が、ベッドは小さくて二人分には窮屈過ぎる。

「いいって、俺は床で寝るのが慣れてるから」

「で、でも。抱き合って寝れば、二人でも一緒にっ！」

「じゃあ、今度な」

「……………は、はい」

俺は早く寝たかったので、床にごろんと寝転んだ。モモもベッドで横になっている。久しぶりの屋根のある部屋で、ゆっくりと眠ることができた。


「マコト殿！　モモ殿！　本当に無事でよかった!!」

「沢山はないんだけど、二人は命の恩人だからいっぱい食べてね」

目を覚ますと、木の勇者《ジュリエッタ》さんに呼ばれて食堂にやってきた。

ここは大迷宮《ラビュリントス》の街、唯一の食堂らしい。土の勇者《ヴォルフ》さんは、全身鎧《プレートアーマー》を着こんでいる。椅子には、巨大な戦斧《せんぷ》が立てかけてある。あれが、土の勇者さんの武器なのだろう。

食堂には、俺たち以外にも大勢の戦士たちで賑《にぎ》わっている。

水の街《マッカレン》の冒険者ギルドの酒場に似ているかもしれない。千年前に来て、ようやく活気のある場所に来ることができた。

「ところでモモちゃん。前に会った時より、随分魔力《マナ》が上がってるみたいだけど、アベルに『鑑定』はしてもらった？」

「いえ、そんな余裕はなかったので」

「そう、調べたほうがいいと思うわ」

「あの……私は大したスキルは持っておりませんが……」

「モモちゃん、人族が吸血鬼《ヴァンパイア》になることは『生まれ変わり』のようなものなの。だから、その時に身体能力が強化されたり、スキルが変更されることがあるの」

木の勇者さんがモモに説明をしている。ま、モモは大賢者様だからなぁ。

「では、モモちゃんを鑑定してみます。僕の目を見てください」

「は、はい」

勇者アベルの声に、モモが緊張気味の声で答える。

「モモちゃんの種族は、……半吸血鬼《ハーフヴァンパイア》。完全に、魔族になったわけではないようです。ステータスは、凄《すさ》まじいですね。流石は魔王の眷属。スキルは……え？」

「どうした？　アベル」

「ねぇ、どうだったの？」

勇者アベルが、鑑定の途中で言葉に詰まった。

「モモちゃんは……『賢者』スキルを所持しています」

「「なっ⁉」」

ジュリエッタさんとヴォルフさんが、驚きの声を上げた。

「これって、凄《すご》いんですか？」

「凄いわよ！　百万人に一人って言われるスキルよ！」

「俺も初めて会ったな……」

「マコトさんは、驚いていないですね」

勇者の面々が興奮気味に話す中、俺は静かにエールを飲んでいたら勇者アベルから指摘された。やべっ、知ってたから全く驚かなかったら不審がられた。

「いやー、凄いなぁ！　やったな、モモ！」

「あの……マコト様。私の『賢者』スキルはマコト様のお役に立ちますか……？」

「ん？」

俺が白々しい演技をしていると、モモが上目遣いで身を寄せてきた。んー……大賢者様のスキルは、俺じゃなくて勇者アベルのために使って欲しいんだけどなぁ。

「ねぇ、ところでマコトくんとモモちゃんは、これからどうするの？　もし良かったら私たちと一緒に……」

木の勇者さんが何かを話そうとした時、大きな声が洞窟内に響いた。

「族長が、戻って来たぞー！」

「大戦士様が、大迷宮《ラビュリントス》の深層から帰還された！」

「出迎えろ!!」

「今日の獲物は大物だ！」

一人の声でなく、大勢が歓声を上げるような声だ。見るとエルフや獣人族たちが、集まっている。何かあったのだろうか？

「あー、あいつが帰って来たみたいね」

木の勇者さんが、顔をしかめた。

「そんなに嫌わなくてもいいだろ？」

土の勇者さんが苦笑した。

「でも、あいつは力があるのに魔王討伐に興味を示さないし。この前の戦いも、あいつらが協力してくれれば、火の勇者《オルガ》さんだって死ななかったかも……」

「よせ、ジュリエッタ。終わったことを悔いても仕方ない」

「そうですよ、ジュリエッタさん。彼は勇者ではありませんから……」

みなさんの表情が暗い。俺とモモが顔を見合わせていると、勇者アベルが慌てて説明をしてくれた。

「すいません、マコトさん。変な話をしてしまって……」

「いえ、できれば教えてもらえませんか？」

どうせ、ここに住むことになるのだ。情報は仕入れておきたい。

「マコトさん。この大迷宮《ラビュリントス》の街には、幾つか派閥があるんです。一つは僕たち『火の勇者』を中心とする派閥。僕らは魔王討伐を目的にしています。そして、それに反対する『鉄の勇者』を中心とする派閥。こちらは、魔王討伐でなく『生き延びる』ことを目的においてます。つまり魔王とは戦わない」

「……勇者なのに魔王と戦わない？」

「正確には、過去に魔王に挑み『勝てない』と諦めてしまった人たちです。そして、現状はそちらのほうが多数派です……」

「……」

諦め組のほうが多いのか……。

「そして、最後の派閥。てか、これが一番規模が大きいんだけど、この迷宮《ダンジョン》の街を作った連中。主に亜人族がそうね。私と同じエルフ、ドワーフ、獣人族……。もともとずっとこの街に住んでいるのが彼ら」

ジュリエッタさんが、グイッとエールを飲み干した。

「我々のような人族の勇者は、ここに匿《かくま》ってもらっているんだ」

「なるほど……」

理解した。つーか、勇者アベルの所属するのは一番小さい集団なのか。てっきり、この隠れ家に来ればあとは一致団結して……と考えていたが違ったらしい。

（前途多難だな……）

勇者アベルを保護したから一安心と高をくっていたんだが、まだまだ道のりは険しい。

人垣から、一人の長身の男がすっと抜け出た。残りの連中は、後に続いている。どうやら彼が、中心人物のようだ。

赤銅色の髪をポニーテールのように、適当に結び、長い剣を背負っている。

周りの人々はしきりにその男に話しかけているが、その男は興味なさげにずんずんと歩いていく。

彫刻のように整った顔は、世の中のすべてがつまらないというような冷めた表情だった。

「あいつよ。エルフの大戦士ジョニィ。亜人種族をまとめ上げている長ね」

「えっ!?」

あの人が……ジョニィさん？　ルーシーの曽《ひい》おじいさんを発見した。

三章　高月マコトは、魔王と戦う

――ジョニィ・ウォーカー。

ルーシーの曽じいちゃんであり、紅蓮の魔女《ロザリー》さんの祖父。そう聞くと身近な人物に思えるが『勇者アベルの伝説』において、彼の描写は少ない。絵本では中盤に、ふらっと登場する。

『いつ仲間になったのか？』がよくわからないのだ。

だから、これほど早く出会えるとは思っていなかった。

（けど、これは好都合だ……）

大魔王《イヴリース》を倒すのは『光の勇者《アベル》』『聖女《アンナ》』『大賢者様《モモ》』『魔弓士《ジョニィ》』の四人。

水の神殿で散々習った。ジョニィ・ウォーカーは、間違いなく最重要人物の一人。

その無事が確認できた。すでに勇者アベルと、大賢者様は仲間になっている。

残るは『聖女』アンナのみ。

（ただ、これがかなり深刻な問題なんだよな……）

伝説では、勇者アベルと聖女アンナは同村生まれの幼馴染らしい。

つまり現時点で、一緒に行動していなければおかしい。

だが、今のところ聖女アンナという名前は、土の勇者《ヴォルフ》さん、木の勇者《ジュリエッタ》さん、勇者アベル、誰の口からも出てこなかった。

（まさか、火の勇者さんのように亡くなっている……？）

いやいや、その考えは早計だ。勇者アベルが、魔王城に囚《とら》われたなんて話は絵本に出てこないし、すでに歴史は改竄《かいざん》されていると思ったほうがいい。

きっと聖女アンナも、どこかで元気にしてるはず……と信じたい。

さり気なく木の勇者さんあたりに探りを入れてもいいが……。

あまり未来の知識を多用すると、こっちの正体を怪しまれるかもしれない。

怪しまれるくらいならいいのだが、『千年後の未来から来ました』とか言ったら、頭のおかしいやつだと思われるだろう。というわけで、『聖女』アンナについては保留だ。

それよりも、先にジョニィ・ウォーカーさんだ。

伝説の『魔弓士』。だが、見た目は剣を腰に差した剣士だ。

弓矢を持っているようには見えない。彼は大勢の人に囲まれ、食事をしている。

この街の有力者であり、大魔王《イヴリース》討伐の『真の仲間』。

知り合っておいた方がいいだろう。挨拶でもしてこようかな？

「ちょっと、行ってきますね」

「え？　マコト様どちらに？」

「マコト殿、どこへ行くんだ？」

俺が立ち上がると、モモと土の勇者さんに聞かれた。

「ジョニィさんに挨拶を」

「えぇ～、マコトくんも物好きね。あいつ、愛想悪いわよ、特に男には」

「そう……なんですか？」

でも、女好きの英雄という話は有名だし、納得かもしれない。

ただ、話しかけないと始まらないからなぁ。俺はゆっくりと、ジョニィさんが食事をしている大きなテーブルへ近づいた。

彼の取り巻きには女性が多い。美しいエルフや猫耳、ウサギ耳の可愛《かわい》らしい獣人の女の子が取り囲んでお酌をしている。みんな大声で談笑し、酒を酌み交わして、盛り上がっている。

なんか、……中学の時の桜井《さくらい》くんのグループを思い出した。あれ？　俺って、あーいう陽キャを避けて生きてこなかったっけ？

ついでに言うと、騒がしい集団であるが中心にいるジョニィさんは、酷《ひど》くつまらなそうに酒を飲んでいる。愛想が悪い、というのも頷《うなず》ける。

あの集団に話しかけるのは、勇気がいるな……いやでも。しばらく悩んでいると、後ろから肩を叩《たた》かれた。

「おい、にーちゃん。あんたが、土の勇者《ヴォルノ》と木の勇者《ジュリエッタ》を助けてくれたんだって？」

振り返ると体格の良い、髭《ひげ》の濃いおっさんが立っていた。身体的な特徴から恐らくドワーフと思われる。顔が濃いが、その身が纏《まと》う闘気《オーラ》も濃い。見たところ歴戦の戦士だ。

「マコトです。はじめまして」

「俺は『鉄の勇者』デッケルだ。よろしくな」

おお！　鉄の勇者！　噂《うわさ》に聞く、もう一つの派閥の勇者か。凄《すご》く強そうだし、身体《からだ》を覆う魔力《マナ》は多いし、とても魔王討伐を諦めるような勇者には見えないけど……。

「よろしくお願いします」

俺は、差し出された手を握り返した。

「あんた、土の勇者《ヴォルフ》のやつが偉く褒めてたが、そんな強そうに見えねぇな！　はっ！　はっ！　はっ！　はっ！」

「はぁ……」

笑われた。まあ、弱そうに見られるのは慣れてるからいいんだけど。

「なぁ、土の勇者と木の勇者を止めてくれよ。あいつら、もう一回魔王に挑むとか言ってんだ。正直、あんなに強かった火の勇者《オルガ》ですら歯が立たなかったんだ。魔王を倒すなんて夢物語だ」

「えーと……」

「それによ、俺には七歳になる娘がいるんだ。あいつが、大きくなるまでは俺は生きなきゃならねぇ！　無謀な戦いはやめるべきだ！　そう思わないか？」

「娘さんが……」

そうか。魔王に挑まないのは、勇気がないからじゃなく……。家族ができて、守る者ができたから、ってケースもあるのか。

「にーちゃんだって、幼い妹が一緒なんだろ？」

「え？」

妹？　俺に兄弟は居ない。一人っ子だ。

「マコト様？」

「こんな可愛い妹がいるじゃねーか」

騒がしくしていたからか、モモがやって来た。ああ、モモが妹だと思われたのか。全然、似てないけどな。

「ちょっと、鉄の勇者《デッケル》。あと、妹に様付けで呼ばせねーわ。」

「ちょっと、鉄の勇者《デッケル》。マコト君に変なことを吹き込まないでよ。私たちは勝手に魔王に挑むんだから！」

木の勇者さんまでやってきた。

「そう言うが、おまえだって今回危なかったんだろ？　もうやめるべきだ」

「いやよ！　勇者が諦めたら、それこそ世界は終わりよ！」

「おいおい、鉄の勇者《デッケル》、木の勇者。落ち着けって」

言い合う二人をヴォルフさんがなだめる。勇者アベルは、会話に参加せずこちらを見つめている。

「なぁ、魔王を倒すなんて、諦めるよな？」

「マコトくん、魔王と戦うわよね！」

鉄の勇者さんと木の勇者さんが、こちらに詰め寄る。

俺は首を捻《ひね》った。魔王を倒す？　倒さない？

いやいやいや、違うだろ？　俺の回答は――

「倒すべきは、大魔王じゃないんですか？」

「「「…………」」」

俺が答えると、その場にいた全員がぽかんとした顔をした。周りの会話も止まった。食堂に居た全員が、こっちを見ていた。

「いやいや、にーちゃん。いくらなんでもそれは……」

「そ、そーよ。大魔王《イヴリース》って、相手は魔族の神よ？　いくらなんでも……」

あれ？　大魔王《イヴリース》を倒そうって勇者は居ないのか？

どうやら、俺はズレた答えをしてしまったらしい。

「おう、人族の勇者さんよぉ。盛り上がるのは勝手だが、ここは俺たち亜人族の街だ。厄介事を引き起こす輩《やから》には出て行ってもらうぜ？」

俺たちの会話を聞きつけたのか、数名の獣人の男がこちらへやってきた。

ジョニィさんのテーブルに居た男たちだ。

「魔王と戦うなんて阿呆《あほ》なことは、考えるな。人族は弱いんだから」

「だいたいよぉ、大魔王《イヴリース》や魔王の前に、その配下の幹部一人倒せてないんだ」

「まずは、人間牧場の連中を解放してから戯言《たわごと》を言えってんだ」

ジョニィさんの周りにいた、他の獣人さんたちもこっちにやってきた。身体に纏う闘気《オーラ》から、全員が相当な強者だと感じた。鉄の勇者さん、木の勇者さんは、気まずそうな顔をしている。本当に勇者の立場って低いんだな……。

その時、誰かが前に出てきた。

「マコトさんは、あの魔王の腹心の一人、『豪魔のバラム』を倒しました！」

「そうです、マコト様はとっても強いんです！」

勇者アベルとモモだった。

「「……………え？」」

土の勇者さんはじめ、勇者の面々が驚いた顔をしている。って、それ言ってほしくなかったんだけど！　俺は、この時代で名前を売りたくない。……次からは口止めしておこう。

「おまえ、『豪魔のバラム』を倒したのか……？」

「ええ、まあ。一応……」

獣人の一人に聞かれ、しぶしぶ答えた。

「信じられんなぁっ!?」

「この優男が、本当にそんなに強いのか？」

「豪魔のバラムは魔王配下で、最も古株の幹部だぞ」

「よし、それなら俺様が腕試しをしてやろう。ジョニィ様の右腕と言われている俺様がな！」

なんか、面倒なことになりそうな予感がしてきた。

「ちょっと、ちょっと。駄目よ、マコトくんは長旅で疲れてるんだから」

「魔王の腹心を倒した猛者なんだろ？　軽い運動だよ」

木の勇者さんが止めてくれるが、獣人の人はやる気になっている。

血気盛んな獣人さん。なんとなく、千年後の雷の勇者《ジェラルド》さんを思い出した。

つーか、この獣人さんの闘気《オーラ》的に凄く強そうなんだよなぁ。なんとか、戦闘を回避できないだろうか、と考えていた時だった。

「て、敵襲だ！！！！！」

見張りをしていたらしき男が、真っ青な顔で走ってきた。

「て、敵襲！　敵襲だ！　みんな早くにげろ!!」

その声に、迷宮《ダンジョン》の街の面々がざわついた。土の勇者さん、木の勇者さんの表情が変わった。

獣人の人たちや、鉄の勇者さんも同様だ。各人が、武器に手をかけている。

「まあ、焦るな。今は族長もいるんだ」

「何が来たんだ？　竜か？　魔族か？」

「そんな情けない顔をしないの、ジョニィ様がいるのだから……」

エルフや獣人族の面々は、ジョニィさんの強さへの信頼が厚いのか、落ち着いている。

が、次の言葉で全員の顔色が変わった。

「ま、魔王が！　魔王カインが来たんだっ！！！」

悲鳴のような絶叫が、迷宮《ダンジョン》の街に響き渡った。


――魔王カイン。


言うまでもなく千年前のノア様の使徒だ。

邪神の使徒、黒騎士、狂英雄……さまざまな呼び名を持つ悪名高い魔王。

その魔王の最も有名な悪行が『勇者殺し』である。

絵本『勇者アベルの伝説』には、大半の勇者は魔王カインに殺されたと書かれている。

そして、現在の大迷宮《ラビュリントス》には数多くの勇者が居る。

状況は悪い。が、事態はさらに最悪の方向に進んだ。

「魔王カインっ!!」

普段とまるで違う激情を含んだ声で勇者アベルが大迷宮《ラビュリントス》の外へ飛び出していった。

そうだ、魔王カインは勇者アベルの師である『火の勇者』の仇《かたき》。

怒りで、勇者アベルが我を忘れている。こ、これはマズイ！

「アベル！　待って！」

「俺たちも行くぞ！」

木の勇者さんと土の勇者さんが、その後を追った。

「パパ！」

「お前は他のみんなと迷宮《ダンジョン》の奥に避難するんだ」

「やだ！　パパも一緒にっ！」

「ワシは勇者だ。逃げるわけにはいかん」

「帰ってくるって約束して！　明日は私の誕生日だよ！」

「ああ、帰ってきたら一緒に誕生日を祝おう」

「絶対、生きて帰ってきて……」

鉄の勇者さんと娘さんの会話が聞こえてきた。あの……、死亡フラグはやめてくれませんかね？　鉄の勇者は絶対に守らなきゃ！　俺は誓った。

「住民を避難させろ。女子供《このひと》が優先だ。戦える者は俺と来い。魔王を追い払うぞ」

「ジョニィ様！　無茶です！　相手はあの魔王カインですよ！」

「一緒に逃げましょう！」

「勇者連中だけでは、荷が重いだろう。命知らずは俺についてこい」

ジョニィ・ウォーカーさんは、混乱の中でただ一人冷静だった。

どうやら、彼らも一緒に戦ってくれるらしい。

「ま、マコト様……？」

モモがおろおろと俺の袖を掴《つか》む。できれば住民と一緒に避難して欲しいが、ここで離れて見失うのも怖い。何よりまたモモを連れ去られるのはゴメンだ。

「モモは俺について来て。ただし、戦闘になったら隠れているように」

「は、はい！」

俺はモモと一緒に大迷宮《ラビュリントス》の外に向かった。

「ハハハハハハハハハハハハハハハハハハハハハハハハハハッ！」

大迷宮《ラビュリントス》の外で、俺の耳に最初に届いたのは耳障りな甲高い笑い声だった。

「ヴォルフ！」

木の勇者さんの悲鳴が聞こえた。ヴォルフさんの鎧《よろい》は砕かれ、血を流して倒れている。

ま、まさか……。

「取り乱すな、……ジュリエッタ。なんとか生きてる……」

良かった。土《ヴォルフ》の勇者さんは無事だ。そうだ、勇者アベルは!?

「げっ!?」

魔王カインにやられたのか、アベルも遠くのほうの地面に倒れている。

見たところ出血はしていないので、気絶しているだけだと思いたい。

「モモ！　アベルさんの様子を」

「は、はい！」

俺はモモに勇者アベルの様子を見にいかせ、惨状を確認した。他にも獣人族や、エルフの戦士が何人も血まみれで倒れている。まだ、敵襲の知らせから数分も経《た》ってないのに。

すでに壊滅状態のこちらを傲然と見下ろすのは、

——全身漆黒の鎧を纏《まと》った騎士だった。

フルフェイス式の兜《かぶと》を着けており、表情はわからない。手に持つのは、巨大な両手剣《グレートソード》。

全身から溢《あふ》れ出る強大な闘気《オーラ》を放っている。こいつが、魔王カイン……。

「クハハハハハハハハハハハハハハハ！　弱い、弱い、弱い、弱い、弱い、弱い、弱い、弱い、弱い、弱いなぁ！　聖神族の勇者ぁ！」

やかましい魔王だった。こんな良く喋《しゃべ》る魔王《やつ》だったのか。

「勇者は殺す！　勇者以外であれば、ノア様を信仰するならば生かしてやる。今すぐ跪《ひざまず》いてノア様を讃《たた》えろ。そうすれば、片腕を切り落とすだけで見逃してやろう。慈悲深いノア様に感謝せよ！」

そんな言葉が聞こえた。

（おいおい……）

ノア様の信者は十年に一人しか増やせない。それが神界規定《ルール》だ。

いくら脅しても信者は増やせないし、これじゃあノア様の悪評が広まるだけだ。無論、魔王カインの呼びかけに応じる者は居ない。

（精霊さん、精霊さん）

俺は水の精霊に呼びかけ、魔力《マナ》を集めた。

「水魔法・氷の槍の雨《レインオブアイスランス》」

俺が魔法を放つと数百本の魔法で造った氷の槍《やり》が、魔王カインに降り注いだ。

その全てが、黒い鎧に当たり砕けた。鎧には傷一つついていない。

（やっぱり、ノア様の言った通りだ）

俺は千年前に跳ばされる直前、ノア様に教えてもらった言葉を思い出した。

◇

千年前へ跳ぶ直前の聖母アンナ大聖堂。

すぐ近くで、運命の女神様《イラ》が時間渡航《タイムトラベル》の奇跡《まほう》の詠唱をしている。

現在は詠唱の待ち時間。その間、俺はノア様に千年前の知識を教えてもらっていた。

「マコト。千年前に向かうにあたって、一番注意しなければならない魔王が誰かわかる？」

わざわざ女性教師姿になったノア様が、俺を指差す。その恰好《かっこう》好きですね。

「やっぱ大魔王《イヴリース》ですよね？」

「違うわ。大魔王《イヴリース》は、魔大陸の上空に浮かぶ空中城塞『エデン』から動かない。自分から会いに行かない限りは、遭遇する可能性はゼロよ」

へぇ、そうなのか。

「じゃあ、西の大陸を支配している『不死の王《ビフロンス》』ですか？」

「そいつも危険だけど、正解は……」

「魔王カイン。ノアの使徒だ、高月《たかつき》マコト。やつは単独かつ神出鬼没だ。勇者と行動を共にしていれば、鉢合わせになる可能性が最も高い」

「あー、アルテナ！　先に言わないでよ!!」

会話の途中に太陽の女神《アルテナ》様が割り込んできて、ノア様が文句を言った。

「魔王カイン……」

伝説の勇者殺しであり、俺の前任の使徒。一体、どんな人物なんだろう？

その疑問に答えるように、ノア様が得意げに続けた。

「あの子《カイン》にはね、マコトに渡している短剣と同じ素材で、全身鎧《フルプレート》と両手剣《グレートソード》を創ってあげたの」

「ちょっと待て、ノア。私は千年前は信者が少なかった所為《せい》で地上の様子をあまり把握できていなかったが、お前は使徒にそんなものを与えていたのか!?」

ノア様の言葉に、今度は太陽の女神《アルテナ》様が噛《か》み付いた。

俺は、自分の腰に差してある短剣を見つめた。

蒼《あお》く輝く魔法の短剣。これと同じ素材か。

「ノア！　おまえ……万物を切り裂く旧神王《クロノス》の鎌の破片を使ったのか!?　そんなものを地上の民に与えてたのか！　何を考えている!?」

「うっさいわねー、アルテナ！　結局は、あんたの作った『光の勇者』のほうが反則《チート》なんだから、別にいいじゃないの！」

「私の創った『光の勇者』スキルは、太陽の光がなければ決して無敵ではない！　ちゃん

と神界規定に沿った性能になっている。だが、お前の与えた武器は……これだから、考えなしの古い神族は！」

「はぁっ!?　誰が考えなしよ！　規定、規定うっさいのよ！　適当でいいのよ！　適当で！」

ノア様とアルテナ様が、怒鳴り合っているのを見て聖堂内の人たちが引いている。

「あの……お二方。盛り上がっている所、申し訳ないのですが。結局、魔王カインはどんな人物なんです？」

俺が質問すると、摑み合っているノア様とアルテナ様がこちらを振り向いた。

「高月マコト……、落ち着いて聞いてくれ。魔王カインが身に纏う鎧と所持する武器に使われている金属は、旧神王の武器の素材だ。つまりそれは……」

「物理無効と魔法無効よ、マコト☆」

言い辛《づら》そうに言葉に詰まるアルテナ様に対して、ノア様があっさりと結論を言った。

「は？」

今何て言った？　物理無効、魔法無効……だと？

それは絶対に倒せないってことじゃ、ないのか？

「ノア、正確に伝えないと駄目よ。マコくん、正しくは『聖級』以下の攻撃は無効ね」

エイル様が横から、補足をしてくれた。けど……。

「それ、実質無敵では？」

「違うわ、神級、もしくは神級に準ずる攻撃なら通じるわ」

「例えば……『光の勇者』の攻撃とかね」

エイル様の言葉にノア様が続ける。要は、光の勇者アベル以外は倒せないってことか。

「でも、光の勇者に会う前に魔王カインと戦うことになったらどうすれば？」

「逃げるんだ。それしかない」

太陽の女神《アルテナ》様が断言した。

「それしか、ありませんか……」

ま、しゃーない。そんな反則野郎とまともに戦っては駄目だということだろう。

全滅必至だ。

「んー、でも万が一『光の勇者』が居ない状態で、あの子と戦うことになった場合の対処法も伝えておくわ」

「え？　対処法があるんですか？」

「かなり大変よ？　それはね……」

ノア様は、その方法を語ってくれた。

◇

（万が一ねぇ……）

この状況になることをノア様は知っていたんじゃなかろうか。

そんな考えが頭をよぎる。

（…………水の大精霊《ウンディーネ》。来てくれ）

さっきから何度も呼んでいるが、出てきてくれない。

最近、頼み過ぎたかなぁ。あとでいっぱい機嫌を取らないと。

こうしている間にも、戦士たちが戦いを挑みバタバタ倒れている。

「水魔法・水龍！」

俺は水の精霊の力を借りて、水魔法を放った。

だが、俺の魔法など意にも介さないのか、魔王カインはこちらを振り向きもしない。

「ぐわああっ！」

ああ！　鉄の勇者さんが斬られた！　マズイマズイマズイ！

「ぐっ……娘の七歳の誕生日を……祝いたかったぜ……」

フラグ回収が早いって！　諦めが早いよ、鉄の勇者さん！

「××××××！（水の大精霊《ウンディーネ》）！」

俺が精霊語で怒鳴ると、ようやく姿を現した。

──メイド姿の水の大精霊《ウンディーネ》が。

「××××××ー！　×××！（お待たせしましたー！　我が王！）」

「……××××××（……何やってるの？）」

「××××××（こういう恰好が好きなんですよね？）」

ちらっと、水の大精霊《ウンディーネ》がモモの方を見た。

ちょうど、アベルが意識を取り戻したようでモモが介抱している。

まさか、モモの真似《まね》をしていて時間がかかったのか？

「××××××……（おまえさぁ……）」

この非常時にのん気過ぎるだろう。

「×××××？　××××××？（お、怒ってます？　我が王？）」

水の大精霊《ウンディーネ》が不安気に瞳を潤ませる。

その様子は、ノア様の嘘泣きにとても似ていた。こいつ……。

いや落ち着け。この危機を乗り切るには、水の大精霊《ウンディーネ》の協力が不可欠だ。

精霊は気まぐれであり、気分屋であり、機嫌よくさせないといけない。

それが『精霊魔法』の基本だ。だから、俺がここで言うべきは……。

「×××××、××××××××（水の大精霊《ウンディーネ》、とても似合ってるよ）」

「××××××！　×××！（本当ですか!?　我が王！）」

「××××××××××××××××?（可愛《かわい》い水《ウンディーネ》の大精霊。俺に力を貸してくれるか？）」

「××××××！（はーい☆　頑張りますー！）」

水《ウンディーネ》の大精霊がそう言った瞬間、辺り一帯の魔力《マナ》が全てこちらに向けて集まってきた。

ぽつぽつと、雨が降り始め、地面が揺れ、空気が震え、呼応するように黒雲に稲光が走った。

この世の全ての水の魔力《マナ》。水《ウンディーネ》の大精霊に、それが集まる。

――魔王カインがこちらを振り向いた。

鉄《デッケル》の勇者さんにとどめを刺そうとしていた魔王カインが歩みを止めた。

さっきまで、一切こっちを気にしていなかった魔王が、はっきりと俺を視認した。

俺の隣に居る水《ウンディーネ》の大精霊の姿が視《み》えているのだろうか？

魔王カインは、俺に語りかけてきた。

「お前は勇者か？」

静かに聞かれた。

「いや、違う」

短く答えた。国家認定勇者ではあるが、この時代に水の国《ローゼス》はない。だから、俺は勇者ではない。魔王カインは、俺の回答を聞き、次の言葉を発した。

「お前は……ノア、様を、信仰、する、か？」

「…………………………」

俺は答えられなかった。答えられるはずがない。

ノア様のことは、今でも信仰している。

だけど、今の俺は信者ではない。だから、俺は何も言えない。

そして、その事実に自分でも意外なほどイラ、つ、い、た。

「ノア様を信仰できぬなら、死ね」

無言を拒否と判断したのか、魔王カインはこちらへ剣を振りかぶり、一瞬で距離を詰める。

速っ!?

「水魔法・聖級結界」

「無駄だ！！！　はははっはははははっはっは!!」

俺が発動した結界魔法を、魔王カインは嗤《わら》いながら紙切れのように切り裂いてくる。

仕方ない……、ここで使う羽目になるとは。

（……精霊の右手）

俺が右腕を精霊に変化させようとした時、——閃光《せんこう》が走った。

「む」

魔王カインが、小さく呻《うめ》いた。

その光は、魔王の鎧《よろい》の隙間。針の穴を通すような攻撃だった。

「精霊魔法・風の矢《ウインドアロー》」

静かな声と共に、千本近い風の矢が魔王カインに降り注いだ。そのほとんどが、魔王の鎧に防がれつつも、僅かな鎧の隙間から攻撃が通っているように見えた。

魔王の鎧に小さく血が付着している。

（凄《すご》いな……）

俺がノア様に教えてもらった、魔王カインの攻略法。つまりは、鎧自体には攻撃が通らないためその隙間をつく。それを理解した攻撃だった。

気が付くとその攻撃を行った主が、俺と魔王カインの前に静かに立っていた。

風に、赤銅色の長い髪がたなびいている。その男は、自分の身長よりも長いのではないかという剣を構えていた。いや、剣じゃない。

反った刀身に波打つ刃文。刀だ。

長い刀を構える、長髪の剣士。その姿は侍のようにも見えた。

「ジョニィさん、ありがとうございます」

俺がお礼を言うと、ジョニィ・ウォーカーはちらりとこちらに目だけを向けて言った。

「水の大精霊《ウンディーネ》……視たことはあるが、従えているやつを視るのは初めてだ」

視えているらしい。そうか。彼も精霊魔法の使い手だ。

「手を貸そう。いや、手を貸してくれ」

「はい。あいつを追っ払いましょう」

「名前は？」

「マコトです」

ジョニィさんに聞かれ、短く答えた。

「ジョニィだ」

「はい」

知ってる。彼の名前は伝説だ。

「……降り注ぐ風の矢《レインオブウィンドアロー》」

ジョニィさんが小さく言葉を発した瞬間、何百本もの風の矢が出現する。その魔法は、ジョニィさん本人ではなく周りから集まった魔力《マナ》で構成されていた。

風の精霊魔法だ。こっちも負けてはいられないな。

「×××××××……×××（水の大精霊《ウンディーネ》……頼むよ）」

「××××××（はい、我が王）」

……ズズズ、と魔王カインの周りに、数百の水龍が出現した。もっとも魔王は、それを意にも介していない様子であるが。俺は、水の大精霊《ウンディーネ》の右手を掴《つか》み同調《シンクロ》した。

——水魔法・深海。

魔王カインを取り囲むように、そして周りの皆を守るように大量の水の壁を生成する。

そして、これが魔王カインに対抗するための唯一の方法でもある。ノア様は言っていた。

魔王カインの鎧は、いかなる攻撃も魔法も通じない。そして、魔王カインの剣は全てを切り裂く。だから、魔王を直接攻撃しても無駄だ。

取るべき手段は、奴《やつ》の周り。地形や環境を、こちらに有利に作り変える。

水魔法で造った水龍と巨大な水の壁により、さながらそこに海が現れたかのような様相になっている。

……ズズズ、と巨大な水塊が魔王を取り囲む。

魔力《マナ》の無駄遣いこの上ないが、水の大精霊《ウンディーネ》が居れば、魔力《マナ》は無限。遠目に、ポカンと大きく口を開けているアベルと大賢者《モモ》様の姿が見えた。勇者アベルの怪我《けが》は大したことがなさそうだ。一安心。

「集え、火の精霊……」

魔王カインが呟《つぶや》くと、両手剣が業火に包まれた。火の精霊使いか……。魔王カインは、ぶらりと剣先を揺らし、一瞬でこちらに突っ込んできた。

「降り注ぐ氷の矢《レインオブアイスアロー》」

「水魔法・水龍」

ジョニィさんと俺の魔法が、魔王カインに激突する。が、魔法は全て鎧に防がれた。それでも、多少スピードは落ちる。

「水魔法・氷結界」

さらに幾重もの結界を張り続ける。魔王は、それを鬱陶しそうに払いのけた。

うーん、まったく通用しないなぁ……。知ってたけど。

「水魔法・氷塊」

ルーシーの隕石落とし《メテオ》のように、巨大な氷の塊を次々に魔王カインにぶつける。ダメージは入っていないが、足止めにはなっている。

「木魔法・捕縛の蔦《つた》」

ジョニィさんの放った木魔法が、魔王の身体《からだ》を搦《から》めとった。魔王が、それを斬り払う。

「降り注ぐ石の矢《レインオブストーンアロー》」

さらに数百の石の矢が、魔王に降り注ぐ。多才だなぁ、あの人。

「水魔法・水牢《みずろう》」

俺は魔王カインを閉じ込められないかと、牢魔法を使ったがすぐに両手剣に切り裂かれた。あの両手剣は、俺の短剣と同じ素材。

となると、この世に斬れないモノはない。やっかいだね、まったく。

「マコト殿、あいつに通じそうな攻撃手段はあるか？」

風を纏《まと》い、宙に浮いているジョニィさんが俺に問うてきた。

「あいつには、どんな攻撃も通じません。この調子で距離をとって戦いましょう」

俺が言うと、ジョニィさんが怪訝《けげん》そうに顔をしかめた。

「だが、このままでは埒《らち》が明かない。何か手があるのかと思ったのだが……」

「これが最善なんです。こちらの攻撃は通じないし、近づいてはあの剣に斬られます」

「そうか……」

ジョニィさんは、少しがっかりしたような表情をしたが、反論もしてこなかった。

もしかすると俺が堂々としてたから何か切り札があることを期待してくれていたのかもしれない。少し申し訳ない気持ちになりつつ、俺はノア様との会話を思い出した。

◇

「それで、光の勇者が仲間に居ない場合の、魔王カインの攻略方法はどうすればいいんです？　ノア様」

「ふっふー、それはね」

俺の質問に、ノア様は笑顔で答えた。

「あの子《カイン》に近づかずに、ひたすら時間稼ぎしなさい。飽きっぽい子だから、倒せないって思ったら帰ると思うわ」

「……それ、攻略って言うんですかね？」

想像以上のごり押し戦法だった。

「あとは、寝込みを襲うとか？　寝てる時は、鎧を脱いでると思うし」

「……わかりました。つまりまともに戦ったら、勝てないんですね」

魔王カインとは出会わないことを祈ろう。

「なぁ、ノア。高月《たかつき》マコトに、魔王カインと同じ装備を与えることはできないのか？」

太陽の女神様《アルテナ》が、ナイスなアイデアを出してくれた。

おお！　それはいいですね！

「んー、マコトに与えた短剣であの神鋼《アダマンタイト》は使い切ったの。だから無理ねー。それにマコトの筋力だと、どっちにしろ装備できないわよ？」

「あー……、確かにそうですね」

短剣より重い物が持てないのが俺です。太陽の女神様《アルテナ》が頭を抱えた。

「高月マコト、魔王カインとは出会わぬよう、くれぐれも注意してくれ……」

「は、はい……」

太陽の女神様《アルテナ》が、これほどしつこく言ってくるとは、一体、どんな恐ろしいやつなんだろう？　その時の俺は正直、興味が湧いていた。

◇

そして、千年前《げんざい》。俺とジョニィさんの放つ『聖級』『王級』の魔法が全く通じない魔法の鎧。万物を切り裂く神器の大剣。

（反則《チート》野郎め……）

お前が大魔王でいいんじゃないのか！　とすら思う。

大魔王というのは、もっととんでもないやつなんだろうか？　太陽の勇者《アレクサンドル》みたいな、滅茶苦茶《めちゃくちゃ》なやつだったらどうしよう。あんなん、勝てんぞ。

魔王カインは、猪《いのしし》のように真っすぐこちらに突っ込んでくる。

どうせ、どんな攻撃にもダメージを負わないのだからそれが一番効率的なんだろう。

「水の大精霊《ウンディーネ》！」

「風魔法・鎌鼬《かまいたち》！」

俺が水の大精霊《ウンディーネ》と同調《シンクロ》して、巨大な氷結界で魔王を足止めした。

そこにジョニィさんの、風の刃《ウインドブレイド》が降り注ぐ。結果、魔王の攻撃は中断させられた。魔王カインが、舌打ちをした。

俺たちに攻撃が当たらずイラついているようだ。

そろそろ帰ってくれないかなぁ……。

「風の精霊……」

魔王が小さく、呟いた。

突風によって、砂塵《さじん》が舞った。

一瞬、魔王カインの姿が見えなくなる。せ、せこい技をっ!?

「水の大精霊《ウンディーネ》！」

俺は襲撃に備え、多重結界魔法を展開した。

が、魔王の狙いは俺ではなかった。黒い影となって、ジョニィさんに迫っていた。

さっきまでより速い!?　これが、本気の魔王か！

「死ね、邪教徒」

魔王カインがジョニィさんの真正面から、燃え盛る炎剣を振り下ろした。

あれは、避けられない!?　赤と黒の影が、交差した。

「え？」

俺にはジョニィさんが真っ二つになる姿が脳裏に浮かんだが、実際そこにあったのはいとも簡単に魔王カインの攻撃を受け流すエルフの剣士の姿だった。

あの神器の攻撃を、刀一本で捌《さば》いた？　ジョニィさんは、とんでもない達人だった。

「危なかったな」

事もなげに、刀を構えるジョニィさんが居た。凄い……。

刃で受ければ、間違いなく刀ごと斬られていたはずなのに。魔王カインもそれを感じたのだろう。攻撃対象を、こちらに切り替えてきた。俺に殺気が向く。

「水の精霊纏い」

俺はノア様の短剣に水の精霊の魔力《マナ》を纏わせた。それを横一線に振るう。

ゴオオォ……！　という音をたて、巨大な水の斬撃が魔王カインを巻き込んだ。

が、神器の鎧《よろい》には傷一つつかなかった。代わりに、短剣から放たれた斬撃が雲を割り、その間から太陽の光が差し込んだ。

そして、猛スピードの魔王カインが迫る。

「無駄だ!!　死ぬがいい！！！」

俺と魔王カインとの距離は、数歩で剣が届く距離だ。

これは、いかんな。

——精霊の右手。

俺が片腕を『精霊化』させようとした時……。

「うわあああああっ！」

魔王カインの後ろから、飛びかかる人物がいた。彼が振り下ろす剣は、虹色に輝いていた。

あれは……勇者アベル？

魔王カインは後ろからの攻撃に気付き、俺を攻撃するかどうか、一瞬迷う素振りを見せた。

そして、先に勇者を討ち取ることにしたようだ。

後ろを振り向き、勇者アベルの攻撃にカウンターで斬りかかった。

（ま、マズい！）

勇者アベルが殺される!?　俺とジョニィさんは、勇者アベルを助けようと魔法を放ち……。

「なっ!?」

「「「「!?」」」」

驚いた声は魔王カインのものだったが、それ以上に周りの衝撃のほうが大きかった。

勇者アベルの剣が、魔王カインの兜《かぶと》を斬り飛ばした。

全ての攻撃が無効の鎧だぞ!?　カラン、カランと黒い兜が地面を転がった。

魔王の首からドクドクと血が溢《あふ》れているが、次の瞬間には眩《まばゆ》い光を放ち傷が消えた。

ノア様の造った神器《よろい》は、使用者の傷を即座に癒す魔法がかかっているらしい。ズルくないですかねぇ……、ノア様。

魔王の素顔は、浅黒い肌に紫の瞳。そして、恐ろしいほどの美貌を持った男だった。

ただし、今はその端整な顔を憎々しげに歪《ゆが》めている。

「貴様……、ノア様から賜った神器を、よくも……」

「降り注ぐ風の矢」

「降り注ぐ氷の槍《やり》」

俺とジョニィさんの放った、千を超える魔法が魔王カインの頭部に集中する。

よっしゃ、弱点晒《さら》してるぞ、あいつ！

「ちぃっ！」

不利を悟ったのか、魔王カインは黒い兜を拾い宙へ飛んだ。あぁ！　拾われたっ!?

「待っていろ！　次こそは、その魂をノア様に捧《ささ》げてやる！」

そう言って魔王カインは去っていった。

（乗り切ったか……）

「××××××××（あの、我が王……？）」

危なかった。何度か、死にそうになった。俺はその場に、へたり込んだ。

「××××××、××××××××。×××××××、×××××××××（ああゴメン、水の大精霊《ウンディーネ》。助かったよ、ありがとう）」

「×××！（はい！）」

水の大精霊《ウンディーネ》は、嬉《うれ》しそうな笑顔を見せ消えていった。

なんか、初めて会った時と比べて随分感情豊かになったな。そもそも、千年後の水の大精霊《ウンディーネ》と同じ個体かどうかも不明だけど。

それに『我が王』の意味も未《いま》だにわかっていない。

あとは、生成した大量の水の壁や水龍も処理しないとな……。俺が水魔法の残処理をしていると、誰かが近づいて来た。ジョニィさんかな？　と思ったが、違った。

「ま、マコトさん……」

「アベルさん、さっきは助かりました」

俺の近くにフラフラしながらやって来たのは、先ほど魔王カインを斬った勇者アベルだった。あれは、凄《すご》かった。

「……マコトさん、回復魔法をかけます」

「別に、どこも怪我《けが》をしていませんよ？」

「駄目です！　もしものことがあったらっ!?」

俺の言葉を無視して、回復魔法をかけられた。かすり傷くらいで、本当にどこも痛くないんだけどな……。それより、勇者アベルには聞いておきたいことがある。

「アベルさん、さっき魔王カインを『斬った』技、凄かったですね。何という魔法剣なんですか？」

間違いなく、あれは『光の勇者』の技だ。

「それが、夢中だったので僕自身にも……。ただ、マコトさんが斬った雲の隙間から太陽の光が差し込んできて、その時僕に力が溢れてくるような気がしました……」

「へぇ……」

そうか！　千年前は『暗闇の雲』が常に地上を覆っている。太陽の光は、遮られている。

（こんな簡単なことだったのか……）

俺がほっとした顔を見せた時、勇者アベルの表情がくしゃりと崩れた。

「よかった……僕は、また魔王《カイン》に目の前で恩人が殺されるのを見ていることしかできないと……、マコトさんが無事で本当によかった……」

勇者アベルが、俺の肩を掴《つか》み声を震わせていた。

顔は見えなかったが、泣いているのかもしれない。

「マコト様！」

「モモ」

こちらに大賢者様《モモ》が、走って来た。

「大丈夫でしたか!?　どこかお怪我を!?」

「いや、アベルさんが念のためってことで回復魔法をかけてくれてるだけだよ。どこも怪我してないから」

「よかった……よかったです……」

大賢者様が、俺の腰に手を回してぎゅっと抱きついてきた。心配をかけてしまった。反省。向こうではジョニィさんが、配下のエルフ族や獣人族の戦士たちに囲まれている。彼の仲間も、怪我をした人が多そうだったが、みんな無事だろうか？　あ、ジョニィさんがこっち見た。

ジョニィさんが「助かった、礼を言う」と言うのを『聞き耳』スキルが拾った。にしてもあの人、本当に冷静《クール》だな。ルーシー、おまえの曽《ひい》じいちゃんは凄く強いし、カッコいいぞ。ありゃ、モテるわ。

他の人たちはどうか？　土の勇者さんを木の勇者さんが介抱している。

鉄の勇者さんに娘さんが抱きついて、泣いている。死亡フラグは回避したか……。

他の怪我人を回復魔法を使える人たちが、介抱している。俺はここで、大きく息を吐いた。

……どうやら俺たちは、魔王カインの襲撃という最悪の事件《イベント》を乗り切ったらしい。

◇

「急いで、迷宮《ダンジョン》の奥に移動しろー」

「元気なやつは、怪我人に手を貸すんだぞ！」

「待て！　中層の安全地帯の確保は終わっているのか⁉」

「地底湖付近の大きな洞窟に、結界を張り終えた。一時的な避難先としては十分だろ」

「あの辺は、蛇女《ラミア》と蜘蛛女《アラクネ》と鳥女《ハーピー》の縄張りじゃなかったか……？」

「結界を信じろ！　問題ない。……多分」

「おい、本当に大丈夫だろうな？」

現在、迷宮《ダンジョン》の街の住人は引っ越しの最中だ。理由は、迷宮《ダンジョン》の街の存在が魔王カインにバレたため。魔王軍の追手が入らないうちに、迷宮《ダンジョン》上層の住処《すみか》は引き払うそうだ。

勿体《もったい》ないなぁ……。

「モモ、俺たちも行くか」

「は、はい」

俺とモモは所持品が少なく、ほぼ手ぶらだ。なので、荷物運びを手伝おうとしたが「あなたはジョニィ様と一緒に魔王を撃退してお疲れでしょう！　そんな雑用はさせられません！」と拒否られた。

あと、モモは子供という理由で荷物運びは免除。俺とモモが迷宮《ダンジョン》の奥に進んでも、魔物は殆《ほとん》ど現れなかった。迷宮《ダンジョン》の街の魔法使いが、道に結界を張ってくれたらしい。

魔物にすればいい迷惑だろう。俺たちは安全に中層の、地底湖近くに辿《たど》り着いた。

轟轟《ごうごう》と巨大な滝の水が、地底湖に絶えず降り注いでいる。天井には小さな割れ目があり、光が差し込んで幻想的な光景を演出している。懐かしい……。

　かつて、さーさんと再会したのはこの辺りだ。

「マコト様、どうされました？」

　俺が感傷に浸っていると、大賢者様《モモ》に話しかけられた。

「なんでもない。アベルさんたちと合流しようか」

　勇者たちは、率先して街の移住を手伝っている。そのため、別行動だ。

　あの人たちも、怪我してたはずだけど……タフだな。

　俺たちだけがのんびりしているのが、申し訳ない。

士《ヴォルフ》の勇者さんや、勇者アベルが重そうな荷物を運んでいる。まだ、時間がかかりそうだな……。その時だった。

「あの〜、マコト様？」

「今、お時間ありますか？」

　知らない女の子たちに話しかけられた。

　一人は黒髪のエルフ。もう一人は、金髪の猫耳の獣人だった。どちらも美人な女の子だ。

「なんでしょう？」

　俺が返事をすると、二人の女の子がすすっと近づいてきて、俺の手を引っ張った。

「族長がお話をしたいと」

「マコト様、ご案内します」

「族長……ジョニィさんですか？　わかりました」

ジョニィさんは重要人物だ。俺もゆっくり話をしてみたかった。

「あの……」

モモが俺の後ろから背中の服を摑んでいる。

「モモも一緒に行こう。いいですよね？」

「……はい」

俺の言葉に、女の子たちは少し迷うように目を見合わせた。が、反対はされなかった。

なんだろう？　大きな洞窟の奥のほうに案内された。魔法で造られたのか、人の居住スペースができかけている。俺は歩きながら、黒髪のエルフの顔を『ＲＰＧプレイヤー』の視点切替スキルで観察した。

（……似てる）

黒髪のエルフの子の顔が、ルーシーと少し似ていた。と言っても、仲の良いエルフはルーシーしか知らない。エルフ族は、美人が多いから似てると感じるだけかもしれない。

そんなことを考えるうちに、最奥の大きな石造りの部屋に辿り着いた。

「族長」

「マコト様をお連れしました」

「入ってくれ」

扉の向こうから、ジョニィさんらしき人の声がした。

「え？」

部屋に入るとジョニィさんが、椅子に座っていた。上半身裸で。

けど、それはいい。問題は、その後ろ。大きなベッドで寝ているのは――――裸の女の人だった。隣を見ると、モモもポカンとしている。

いかん、確かにモモを連れてくるべきじゃなかったかも……。

「よく来てくれた、座ってくれ」

「は、はぁ……」

「失礼します……」

俺とモモは、ジョニィさんのテーブルを挟んで正面に座った。

すぐに、目の前に食べ物と酒が運ばれた。運んできてくれたのは、案内をしてくれた黒髪のエルフと金髪の猫耳の女の子だ。

「食ってくれ、ささやかだが助けて貰《もら》った礼だ」

「いえ、俺もジョニィさんが居なければ、殺されてましたし……」

「マコトはここの街の住人じゃない。なのに命を懸けて戦ってくれた。族長として感謝を伝えたい」

「はぁ……恐縮です」

ジョニィさん的には、街のために戦ってくれた恩人ということになったらしい。

俺は『神託』で光の勇者を守らないといけなかったわけだが、これは結果的に良かったのだろう。

「魔王カイン……『勇者殺し』の魔王と立ち会ってみてわかったが、あれほど理不尽な存在だったとはな……」

ジョニィさんが、端整な表情を僅かに陰らせた。

「いや、ほんとに反則なやつでしたね」

もっともその原因は女神様《ノア》の造った神器の所為《せい》であるが。

ノア様、前任にばっかりあんな良い武器ズルいっすよ。

「しかし、マコト殿の立ち回りは本当に見事だった。よく冷静に対処をできたものだ」

「はぁ、光栄です」

ジョニィさんが、えらく褒めてくれるのが心苦しい。俺の場合は魔王の装備や、注意点を事前にノア様に教えてもらっていたからカンニングのようなものだ。

事前情報のない、初見だとまず対処できなかったと思う。

魔王カインは、アレだな。初見殺しの魔王だ。その時だった。

「あら、ジョニィ様。そちらのかたも私たちの家族に？」

「可愛《かわい》らしい顔なのにお強いのですね、マコト様」

ベッドの上にいた裸の美女たち、に声をかけられた。二人もいたよ……。そして……少しは身体《からだ》を隠してください。ちらっとモモを見ると、赤い顔で顔を伏せている。

恥ずかしそうだ。すまん、モモ。

「客人の前だ、服を着ろ」

「「はーい」」

ジョニィさんが注意してくれた。俺は邪念を払うように、グラスに入っている葡萄酒《ワイン》を飲み干した。濃いアルコールだ。少しむせた。

「はい、どうぞ。マコト様」

黒髪のエルフが、すぐにグラスに葡萄酒《ワイン》を注いでくれた。

注ぎながら、彼女の身体が密着する。そちらに目を向けると、ニッコリ微笑《ほほえ》まれた。

おいおい、そんなことすると童貞《おとこ》を勘違いさせちゃいますよ……？

「マコト殿。その子は俺の娘なのだが、君の戦う姿に一目惚《ひとめぼ》れしたらしい。もし、気に入れば貰ってやってくれないか？」

「……え？」

「えええええええっ!?」

俺とモモが、素っ頓狂な声を上げた。

「マコト様……」

エルフの女の子に、うっとりとした視線を向けられた。この子が、ジョニィさんの娘さん……？って、ことは……ルーシーの親戚ってことか!? 似てるはずだわ！

「ズルいです、族長《パパ》！ 私もマコト様がいいのに！」

黒髪のエルフさんの反対側から、金髪の猫耳女子から抱きつかれた。

「ああ、この子もマコトが好きだそうだ。選ぶ必要はない、二人とも娶《めと》ってくれていい」

こっちも、ジョニィさんの娘さんかよ！ ルーシーから聞いた通り、本当に子沢山だな!?

「「マコト様……」」

二人の可愛い女の子に迫られる。

「二人は優秀な魔法使いと戦士だ。役には立つと思う。それに見た目も悪くないだろう？」

ジョニィさんは、自分の娘をぐいぐい推してくる。

「いや、そーいうのは本人の気持ちが……」

「私はマコト様を慕っています」

「私もマコト様に抱かれたい……」

「だそうだ」

いやいやいや！ さっき初めて会話しかばっかりなんですけど!?

「常々、子供たちには言っている。こんな世の中じゃ、いつ死ぬかわからない。気になる相手ができれば、迷わず思いを告げろと、な」

「は、はぁ……なるほど」

この考え方は、ルーシーのお母さんであるロザリーさんっぽいかも。

ジョニィさんから代々受け継がれていたのか。とはいえ。

「ま、マコト様……？」

モモが目を潤ませて、俺の裾を引っ張る。そんな顔しなくても、千年前で嫁を貰ったりしないから。

しかも相手がルーシーのおばあちゃん世代の親戚とか。色々と気まずくなってしまう。

「ジョニィさん、ありがたいことですが、そーいうのは遠慮しておきます」

「む、そうか……」

「えぇ～、そんな」

「マコト様！　私まだ諦めませんから！」

ジョニィさんや娘さんたちが、残念そうな顔をした。

「だが、手を貸してもらった礼はしたい。何か他に欲しいものはないか？」

ジョニィさんに聞かれた。この人、義理堅いんだな。俺は少し考えて、言葉を口にした。

「今度、俺が困った時に力を貸してくれませんか？　ジ、ジ、ジョニィさんが」

「俺が、か……？」

ジョニィさんが怪訝《けげん》な顔をした。

「はい、ジョニィさんの力を貸してください」

「まぁ、構わないが……」

「はい、じゃあ困った時に相談しますね」

「ああ、わかった」

ジョニィさんは、頷《うなず》いてくれた。よし！　ジョニィさんの言質もとった！

大魔王戦には、これで参戦してくれるはずだ。

「……今、俺は恐ろしい約束をしてしまったような気がする」

「気のせいですよ」

もう、取り消しはさせませんよ？

両脇からは、まだ黒髪のエルフさんたちが俺にしな垂れかかって来る。

長居はやめておこう。俺は、挨拶をしてその部屋を去った。

◇モモの視点◇

「マコト様！」

「マコト様～、お話ししましょう？」

族長さんの娘さんたちや迷宮《ダンジョン》の街の女性が、マコトさんの所にやってくる。

みんなマコト様に媚《こび》を売っている。あの恐ろしい魔王カインを撃退した英雄なのだから、当然だろう。マコト様に迫る女の人たちは、みんな美人で胸が大きい。

うぅ……。このままじゃ、マコト様はあの中からどなたかと結ばれてしまって……。

そうすれば、私は邪魔者だ。マコト様は、私を邪険に扱ったりしないだろうけど、これまで通りに過ごせないことは私だってわかる。

私は、ぐるぐると思考がまとまらない。うーん、うーんと悩んでいる時だった。

「モモ、どうした？」

マコト様が、私を気遣うように顔を覗《のぞ》き込んできた。

優しい表情に、優しい声。なのに、私を観察するかのような冷徹な瞳。

どんな時でも、どんな敵に襲われた時でも揺るがない氷のような視線。その冷たい視線に晒《さら》されると、私は……ゾクゾクする。

（マコト様、……好き）

ずっと傍《そば》に居たい。永遠にこの人と一緒に過ごしたい。

離れたくない。でも、どうすれば？　どうすれば、この人と一緒に居られる？

「あの……マコト様」

「うん、なに？」

「えっと……」

何て言えばいい？

「恋人にして」とか？

違う。駄目だ。そんなことを言っても「じゃあ、モモが大きくなったら」とか言われるのがオチだ。マコト様は、私を手のかかる子供くらいにしか思ってない。

「マコト様！　私を……私を、マコト様の弟子にしてください！」

「へ？」

マコト様は、珍しく大きく口を開いて驚きの声を上げた。

◇高月《たかつき》マコトの視点◇

大賢者様が、俺の弟子になりました。嘘《うそ》やろ……？

「マコト様！　ご指導よろしくお願いします！」

「あ、ああ……よろしく」

大賢者様の顔でそんなこと言われても、戸惑いしかない。でも、今の大賢者様の戦闘能力は高くない。魔法の修行をするのは、悪くないはずだ。

「じゃあ、一緒に魔法の熟練度上げをするか」

「わかりました！　私もマコト様と同じように水魔法の修行をしますね」

「阿呆《あほ》か！　七属性最弱の水魔法なんて最後だ、最後！」

「えぇ〜！　そんな〜！」

七属性全てを使いこなせる『賢者』スキル持ちが、何で水魔法から修行するんだよ。

水魔法なんて趣味枠だ。

「うぅ〜、マコト様とおそろいがいいのに……」

「俺は水魔法、太陽魔法、運命魔法を順番に修行するから。モモは、元々使えた火魔法、土魔法から鍛えるように」

「はーい」

しぶしぶ納得してくれたようだ。攻撃魔法として優秀な火魔法。防御魔法として優秀な土魔法。この二つは、とりあえず鍛えて損はない。

あとは……確か、大賢者様って空間転移《テレポート》が得意だったよな？

でも、俺は使えないから教えられない。だれか、運命魔法の達人とかいないかな？

なんで、俺が大賢者様の教育内容《カリキュラム》を考えているんだろう……？

おかしなことになったと思いつつ、俺はモモと一緒に修行を続けた。

おかしなことと言えば、もう一つ。

ここ数日、迷宮《ダンジョン》の街の女の人たちにモテている。結構、露骨に誘惑される。

特によく来るのが、黒髪の美人エルフの女の子（ルーシー似）。

でもなぁ……。相手は、ルーシーの親戚だぞ？

エルフの里で会ったルーシーの祖父と同世代だ。

現在の年齢は十四～十五歳と聞いたので、俺より年下なわけだが。ジョニィさんの娘さんなので、そこまで邪険にするわけにもいかず、俺は曖昧に流していた。

俺は地底湖で魚を獲《と》りながら、水魔法の修行をしている。

隣では、モモが魔法の修行中だ。難しい顔をして、小さな火弾《ファイアボール》を四つまで生成している。上達が早い。流石《さすが》、『賢者』スキル持ち。

少し離れた位置で、勇者アベルが見張りをしている。

結界が張ってあり、他の勇者も見張りをしているので魔物は警戒して出てこない。つまり暇そうだ。よし、ここで時間を無駄にするのは勿体《もったい》ない。

「モモ、こっちに来て」

「は、はい」

「火弾《ファイアボール》は使ったままな？」

「うぐぅ……」

魔法を中断しようとしたので、それを注意する。いついかなる時も、魔法は止めるのは許さん。ちなみに、現在の俺は水魔法で生成した水の蝶《ちょう》を九百九十九羽。

のちに大陸一の魔法使いになる大賢者様には、そのうち同じことができるようになってもらおう。

「アベルさん」

「マコトさん、どうしました？」

俺が声をかけると、勇者アベルが笑顔で振り向いた。

うむ、好感度は高いな！……何を言ってるんだ、俺は。

「行きたいところがあるんですが、付き合ってもらえますか？」

「ええ、かまいませんが、どちらですか？」

「え、マコト様。どこに行くんですか？」

俺は答えた。

「大迷宮《ラビュリントス》の最深層に行きましょう」

「「は？」」

俺の声に、勇者アベルと大賢者様《モモ》の間の抜けた声がハモッた。

俺と大賢者様《モモ》と勇者アベルは、大迷宮《ラビュリントス》の地底湖の上を進んでいる。

水魔法の『水面歩行』と『水流』を使い、水上スキーのように移動している。

「マコト様ー！　速いですねー‼」

モモは楽しそうだ。

「マコトさん！　後ろから魔物たちが迫ってきますよ！」

「ん？」

振り返ると確かに、大海蛇《シーサーペント》や水棲馬《ケルピー》が追いかけてきている。

どうやら、俺たちを襲おうとしているようだ。俺に速度《スピード》勝負を挑むと？　面白い。

「じゃあ加速するんで、二人ともしっかり摑《つか》まってくださいね」

「「え？」」

俺の言葉に、二人の戸惑う声が聞こえた。

――水魔法・WATER JET。

俺が遊びで作ったオリジナル魔法である。

次の瞬間、自由落下にも似た心地よい加速度が身体《からだ》を襲った。

爆発のような水しぶきが上がる。そして、後ろから追いかけてきている魔物たちを遥《はる》か後方に引き離した。大海蛇《シーサーペント》と水棲馬《ケルピー》が、ポカンとしているのがちらっと見えた。

「きゃあああああ！」

「うわああああああっ！」

地底湖内にモモとアベルの悲鳴が響き渡った。


「マコト様～、振り落とされるかと思いましたよー、ヒドイです！」

「マコトさん……あんなに速度を出す必要ありませんよね？」

「あ、はい、すいません」

大賢者様《モモ》と勇者アベルに怒られた。俺たちは現在、地底湖の端に居る。

ここには、巨大な水没した洞窟がある。

大迷宮《ラビュリントス》の下層へ続く道であり、前回の冒険ではこれ以上進んでいない。

というか、ここで忌まわしき竜が出てきた。懐かしい。

「二人は俺と手を繋《つな》いでください」

「はい、マコト様」

「わかりました、マコトさん」

俺は二人と手を握り、水魔法を使う。

――水魔法・水中呼吸&水流。

俺たちは水中洞窟の中を進みながら、『隠密《おんみつ》』スキルで気配も消している。

真っ暗な洞窟の中を『暗視』スキルで見回す。巨大な水棲《すいせい》の魔物が多い。

十メートルくらいありそうな影は……鮫《さめ》の魔物だろうか？

なんで、淡水に鮫がいるのかは気にしない。他にも巨大な大海蛇《シーサーペント》や、水竜の姿も見える。

見つからないように進もう。

「あの……マコト様？　どうして急に大迷宮《ラビュリントス》の最深層に行こうと思ったのですか？」

「大迷宮《ラビュリントス》の奥に巣食うのは古竜《エンシエントドラゴン》たちだと聞きます。危険ですよ……？」

モモと勇者アベルは、大迷宮《ラビュリントス》の巨大な魔物に怯《おび》えて心細そうだ。

「まあ、行けばわかるよ」

「はぁ……」

「そうですか……」

俺は曖昧に誤魔化した。勿論《もちろん》、何の目的もなく大迷宮《ラビュリントス》の最深層なんて、危険な場所に行くはずがない。俺には明確な目的があった。

俺は、かつての記憶を掘り起こした。あれは異世界に来て間もない頃。

水の神殿の図書館で、色々な書物を読み漁《あさ》っていた時のことだ。

――『五大陸冒険記』

（著：冒険王ユーサー・メリクリウス・ペンドラゴン）

百年以上前に書かれた偉大な冒険家が記した記録書。

異世界に来てから、周りに取り残されて一人寂しく勉強をしていた時、その本と出会った。俺はその本がとても気に入って何度も繰り返し読んだ。

そこには、この世界の様々な迷宮《ダンジョン》、秘境について書いてあった。

無論、西の大陸最大のダンジョン大迷宮《ラビュリントス》についてもだ。

五大陸冒険記・西の章。そこにこんな一節がある。

――偉大なる冒険家ユーサーは大迷宮《ラビュリントス》を訪れた。

目的はかつて世界を救った救世主アベルを乗せ天空を飛翔《ひしょう》した聖竜ヘルエムメルクを一目見たいがためである。

千年前、救世主アベルは大迷宮《ラビュリントス》の最深層で、白き聖竜と出会い共に世界を救うと約束した。

その契りの通り、救世主アベルは聖竜の背に跨《また》がり、魔王たちを打倒したのである。

冒険家ユーサーは、期待に胸を躍らせた。かの伝説の竜と会えるのだ！

しかし、大迷宮《ラビュリントス》の最深層に聖竜は居なかった……。

救世主アベル同様、伝説の聖竜もまたいずこかへ去ってしまったのだ——

こんな文章だ。この記述が正しければ、俺が居た千年後では大迷宮《ラビュリントス》を探索しても、聖竜とは出会えない。

しかし、今は千年前。間違いなく、伝説の聖竜は居るはずだ。

そして、俺の隣には光の勇者アベル。きっと力を貸してくれる！

あと……、この時代は移動手段が徒歩だけである。

正直、身体能力が低い俺にとって、ずっと徒歩は辛《つら》い。

早めに『足』を確保したい。そんな理由だった。当たり前だが、モモと勇者アベルには説明できない。俺が未来人だと、明かしていないのだから。

ちなみに、冒険家ユーサーさんは『海底神殿』にも挑んでいる。

というか彼は世界に三つ存在する最終迷宮《ラストダンジョン》、全てに挑んでいる。『海底神殿』に関する記述はこうだった。

——冒険家ユーサーは、海底神殿へと挑んだ。

あれは……………無理だな。諦めよう。


なんでやねん、ユーサーさん。もうちょっと、頑張ってくださいよ。

海底神殿が人気がない理由の一つは、間違いなく冒険家ユーサーの記録書の所為《せい》もあると思う。俺だって当時この文章を読んだ時、海底神殿はご遠慮したいと思ったね。

そんなことを思い出しながら、俺はゆっくりと大迷宮《ラビュリントス》の下層を進んだ。

水中洞窟は、長く暗い。永遠に続くかと思われたが、終わりは唐突に訪れた。

水中洞窟の行き止まりにぶつかったのだ。

「……行き止まりですか」

この道《ルート》は、外れだったようだ。

「これ以上は進めそうにないですね」

俺の呟《つぶや》きに、勇者アベルも同意見のようだった。

残念だけど今回の冒険はここまでか。引き返そう、と思った時だった。

「あの、マコト様。あっちに何かありませんか？」

「ん？」

モモが俺の手を摑んで、洞窟の隅を指差した。『暗視』スキルを使っても、良く見えない。

俺は水魔法を使って、ゆっくりモモの指さすほうへ近づいた。

そこには転移の魔法陣が描かれてあった。

「モモ、よく見つけたな」

「僕も全く、気付きませんでした」

俺と勇者アベルが驚く。

「えへへ、吸血鬼《ヴァンパイア》になって目が良くなったみたいです」

モモが照れたように笑みを浮かべた。俺は転移の魔法陣をじっくり調べた。

「飛び先は、そんなに遠くないですね。距離的に、深層への転移かな……？」

「マコトさん……、うかつに転移はしないほうが」

「これは多分、迷宮《ダンジョン》が造った天然の転移魔法陣ですね。大丈夫ですよ」

迷宮《ダンジョン》は探索者を奥地へと誘うため、あえて行き止まりに転移魔法陣を発生させるらしい。

お目にかかったのは、初めてだが。

なんか迷宮《ダンジョン》探索って感じがするな！　テンション上がる！

「行っていいですか？」

俺がワクワクした顔で聞くと、勇者アベルとモモは顔を見合わせた。

「まぁ、マコトさんがそう言うなら僕は従いますが……」

「マコト様の言葉は、絶対です！」

二人とも素直だ。別に反対してくれてもいいんだけど。

まあ、ここは我を通させてもらおう。俺は二人と手を繋いだまま、魔法陣の上に立った。

次の瞬間、空間転移《テレポート》が発動した。

空間転移《テレポート》で飛ばされた先は、水中ではなかった。

巨大な洞窟の中で、所々がぼんやりと光っている。

光の正体を見ると、それが高純度の魔石だと気づいた。ここは……？


――大迷宮《ラビュリントス》の深層。その近くには『星脈』が流れている。

そのため、星脈からの魔力《マナ》に当てられ、天然の巨大な魔石がゴロゴロと転がっている。

それを売れば、ひと財産になるだろうが、はたしてそこまでする価値はあるのか？

大迷宮《ラビュリントス》の深層は『竜の巣』であり、古竜《エンシエントドラゴン》までも生息している。

生きて帰れる保証はない。（参考文献：五大陸冒険記・西の章）

ここは大迷宮《ラビュリントス》の深層だ。そして幸いにも見える範囲には魔物は居ない。

もっとも『索敵』スキルによって、洞窟の奥からは獰猛《どうもう》な魔物の気配がする。

「アベルさん、モモ。ここらで、一回休憩しましょう」

「は、はい……。マコトさん、ここは……？」

「大迷宮《ラビュリントス》の深層です。この先には、今までより強い魔物がいるはずです」

「マコト様は休憩しなくて大丈夫なのですか……？」

「交代で休憩するよ。モモは先に休んでくれ」

「わかりました」

大賢者様《モモ》が真剣な表情で頷《うなず》いた。俺は、二人の服を水魔法で乾かした。

そのあと、持ってきたパンとハムで簡単な食事をとった。勇者アベルとモモは持ってきた毛布に包《くる》まり横になった。

ほどなくして、寝息が聞こえる。二人が休んでいる間、俺は見張りだ。

迷宮《ダンジョン》内は静かだ。薄暗い洞窟内を、輝く魔石がぼんやりと照らしている。

「……ルーシー、さーさん。俺は大迷宮《ラビュリントス》の深層まで来たよ」

俺は小さく呟いた。かつて、中層で引き返したのが、遠い昔のことのように思える。

ルーシーとさーさんの顔が浮かんでくる。少し感傷的になった。

気を紛らわすため、俺は太陽魔法と運命魔法の練習をした。

そしてこれからのことを考える。

大迷宮《ラビュリントス》の深層、……思いの外あっさり到達できた。もう少し、何回かに分けて探索をするつもりだった。食料は、それほど多く持ってきていない。

明日は、進める所まで進んで引き返すかな……、そんなことを考えた。

その時、ぶるりと空気が蜃気楼《しんきろう》のように揺れた。

——××××、×××××××××××？（我が王、退屈そうですね？　話し相手になりますよ）

「水の大精霊《ウンディーネ》……」

蒼《あお》い肌の美少女が隣に座っていた。呼んでいないが、勝手に来たらしい。

でも、ちょうどいい。暇をしてたのは確かだ。それに聞きたいことがあった。

「なぁ、水の大精霊《ウンディーネ》。どうして俺を『我が王』って呼ぶんだ？」

俺の問いに、彼女は笑みを浮かべた。

「それはあなた様がいずれ我々の王になられるからです。わたしにはわかるのです……」

うっとりとした顔で答える水の大精霊《ウンディーネ》。

いずれ、か。それは、千年後に俺が太陽の勇者《アレクサンドル》と戦って、精霊そのものになってしまった時のことだろうか？

女神様は、あれを『精霊王』というのだと教えてくれた。

——そして俺の魂は『ノア様の制約』によって、二度と『精霊王』に成ることはできない。

千年前にきて試したことがある。

右手だけの『精霊化』は可能だったが、全身の『精霊化』をしようとすると気絶してしまうのだ。ノア様の信者を止《や》めても『魂の制約』は外れないらしい。

俺は、ニコニコしている水の大精霊《ウンディーネ》を見つめた。

この子は、俺が『精霊王』に成ることを期待している。だが俺にはもうできない。

まるで騙《だま》しているみたいで、気が引ける。何とも言えない気分になっている時だった。

「ところで……我が王。お願いがあるのですが……」

水の大精霊《ウンディーネ》が、遠慮がちに俺に腕を絡めてきた。彼女の身体《からだ》は、当然水で出来ているの
だが、膨大な魔力《マナ》を含んだその精霊体は人肌のように感じた。

「な、なにかな？」

水の大精霊《ウンディーネ》のお願い……。一体、何をさせられるんだ？

「名を呼んでいただけませんか……？」

「名前を呼ぶ？」

「はい。そうなのです……」

なんだ、そんなことかと安堵《あんど》する。

「えーと、じゃあ。名前を教えて？」

「名前はありません」

「…………はぁ？」

意味がわからん。俺の疑問を解消するように、水の大精霊《ウンディーネ》が言葉を続けた。

「我が王。どうか、わたしに名前をお付けください……」

「俺が名前を付ける……？」

「はい、私にどうか名をお与えください」

えーと、名前を呼んでってのは、名づけをしてから、名前を呼んでって意味か。なるほど。

俺はもう『精霊王』には成れないが、それくらいならできる。

何度も助けて貰《もら》っている水の大精霊《ウンディーネ》の頼みだ。断る理由はない。

ただ、急に言われてもすぐには思いつかない。

「名前、なまえか……難しいな」

「我が王がつけてくださるなら、どんな名前でも結構です」

「そう言われてもな……」

ワクワクと目を輝かせる水の大精霊《ウンディーネ》。

水の大精霊《ウンディーネ》の名前かぁ。……うーむ、そうだなぁ。

「じゃあ、ウンディーネからDの文字を取って、あと俺たちはティターン神族のノア様を信仰しているから……Aの文字をノア様からお借りしようか」

恐れ多いかな？　という思いが一瞬頭をよぎったが、ノア様だし「別にいいわよ」って笑って許してくれそうな気がする。我らが女神様は寛容だ。

「決めたよ」

「はい！」

「君の名前は……」

——Dia《ディーア》
「ディーア、でどうかな？」

俺が告げると、水の大精霊《ウンディーネ》は呆《ほう》けたような顔をした。あれ？　気に入らなかった？

「…………、Dia……ディーア、……ディーア、何と素晴らしい名前！」

よかった、気に入らないわけじゃなさそうだ。

その時、水の大精霊《ウンディーネ》の身体が突然輝いた。

「え？」

水の大精霊《ウンディーネ》に、いや『Dia《ディーア》』に禍々《まがまが》しいほどの魔力《マナ》が集まる。

呼応するように、大迷宮《ラビュリントス》が大きく揺れた。Dia の身体から溢《あふ》れる魔力《マナ》で、地面が、壁が、空気が凍っていいる。って、これはマズいー
「す、ストップ！　ストップだ、ディーア！」

「は、はい、申し訳ありません、我が王……。あまりの嬉《うれ》しさに喜びが抑えきれませんでした」

「…………」

水の大精霊《ディーア》が、ぺこぺこと頭を下げた。俺は、見渡す限り凍りついた深層を眺めた。

どうやら、水の大精霊《ディーア》が喜んだだけで、こうなってしまったらしい。

……俺はとんでもないことをしてしまったのかもしれない。

「ま、マコトさん!?　これは氷魔法！　敵襲ですか!?」

凍りついた迷宮《ダンジョン》内の温度が、ガクッと下がった。寒さでモモと勇者アベルが起きてきた。

勇者アベルは少し震えている。モモは吸血鬼《ヴァンパイア》だから寒さは平気らしい。

が、どうも二人の様子がおかしい。

「……マコト様、その女は誰ですか？」

俺に抱きついている水の大精霊《ディーア》を、モモが指さした。

…………って、あれ？

「モモ、水の大精霊《ディーア》が視《み》えるのか？」

「いつの間に、こっそり女を連れて来てたんですかぁ？　あ～あ、綺麗《きれい》な人ですねぇ～」

何だかモモが怖い。

「待て待て、ディーア！　これはどうなってる？」

「我が王、わたしはあなた様に『名付け』されたことで、地上に受肉することができました。あなた様が死ぬまで、お側《そば》でお仕えします」

「は？」

　じゅ、受肉って何だ？　えっと、今まで魔法の熟練度を鍛えないと視えなかった大精霊が、誰にでも見えるようになった？　な、名付けにそんな効果が……？

「マコトさん、彼女は一体何者ですか!?　恐ろしい魔力《マナ》を秘めているようですが……」

　俺は勇者アベルの質問に答える前に、隣に居る水の大精霊《ディーア》を睨《にら》んだ。

「聞いてないぞ、ディーア」

「てへ☆」

　こいつ、知ってて隠してたな！　くっ、ノア様みたいな顔しやがって。

「マコト様ぁ～」

「マコトさん？」

「えーと、モモ、アベルさん。彼女はですね……」

　俺は内心焦りつつ、水の大精霊《ディーア》のことを説明した。

「彼女が水の大精霊《ウンディーネ》……ですか？」

「マコト様が、名前を付けたら視えるようになったと……？」

「ああ、我が王……愛《いと》おしい……」

　勇者アベルとモモが、水の大精霊《ディーア》を見つめているが当人はマイペースだ。

というか、くっつき過ぎだ。

「ちょっと、マコト様にベタベタしないでください！　新入りのくせに！」

「は？　わたしはずっとそばに居たんですけど？　あなたこそ最近弟子入りしたばかりでしょう？」

「マコト様、こいつ生意気です！」

「我が王、このチビっ子は生意気ですね！」

おいおい、さっそく揉《も》めてるんですけど。

「パーティー内の喧嘩《けんか》は禁止」

「……むぅ」「……ふん！」

モモとディーア《ディーア》は、ぷいっとお互いに顔を背けた。なんか、厄介事が増えた気がする。

そして、水の大精霊は人族の言葉も喋《しゃべ》れるのか。器用だな。とはいえ、気になることがある。

「ディーアは、ずっと姿を晒《さら》したままなのか？」

「いえ、普段は精霊界に姿を隠しておきます。忌まわしい天界の神々に目を付けられる恐れがありますので」

「天界の神々？」

「目を付けられる？」

モモとアベルが、不思議そうな顔をした。げっ！　この話題はマズい。

俺は慌てて、水の大精霊《ディーア》の口をふさいだ。

「××××××××。××××××××××××××××××！（俺がティターン《ノア》神族《さま》を信仰していることは喋るな。アベルは、聖神族の勇者だ！）」

「×××××××××！　××××！（も、申し訳ありません！　我が王！）」

精霊語で注意した。あぶねぇ。邪神の『元使徒』だとバレたら、勇者アベルに何と言われるかわからない。なんせ『現使徒《カイン》』はアベルの師の仇《かたき》だからな……。

「私は姿を隠しますね～」

水の大精霊《ディーア》の姿が消えた。自由なやつめ。疲れた……。

「俺は少し休みますね。そしたら、探索を再開しましょう」

「……わかりました、では見張りをします」

「サンキュー、モモ」

「マイペースですね……マコトさん」

勇者アベルの呆《あき》れる声が聞こえたが、俺は無視して横になった。

身体が重い。横になった瞬間、すぐに睡魔が襲ってきた。

夢は見なかった。

目を覚ました俺たちは、大迷宮《ラビュリントス》の深層を歩いている。

巨大な洞窟の床や壁には、色とりどりの魔石が光を放っている。美しい光景だった。

一見無機質な迷宮《ダンジョン》だが、所々にオアシスのように泉と木々が生い茂っている場所がある。

そこに、鳥や小さな動物の姿が見えた。だが……。

「静かですね、マコト様」

「えぇ、ここは本当に大迷宮《ラビュリントス》の深層なのでしょうか？」

モモと勇者アベルは、不思議そうな表情だ。その理由は、さっきから全く魔物が姿を見せないから。大迷宮《ラビュリントス》の深層ともなれば、『災害指定』の魔物がうようよいる。

ここは通称『竜の巣』。いつ竜《ドラゴン》に襲われてもおかしくないのだが……。

「ふふふ、私の魔力《マナ》に恐れをなしているようですね♪」

水の大精霊《ディーア》が、ふわふわと空中を舞っている。その身体からは、抑えきれない魔力《マナ》があふれ出している。爆発寸前の爆弾のような魔力《マナ》だ。目立つことこの上ない。

「ディーア、もっと魔力《マナ》を弱められないのか？」

「そうは言いましても、我が王。これが最小限なのですが」

「そ、そうか……」

俺からすると王級魔法が発動する直前のような魔力《マナ》量に思えるのだが、彼女にとっては平常運転らしい。

最初は、大迷宮《ラビュリントス》の深層を警戒していた勇者アベルとモモだったが、今は気の抜けた顔をしている。恐らく水の大精霊《ディーア》の言う通りなのだろう。

彼女の魔力《マナ》を警戒して、竜すら姿を現さない。随分と、想定と違う状況になった。が、悪くない。平和なのはいいことだ。あとは、戦力の確認だ。

「なぁ、ディーア。今が最小限なら最大に魔力《マナ》を集めるとどれくらいになる？　『聖級』魔法は問題なく扱えると思うけど、もしかして『神級』魔法が扱えるまでの魔力《マナ》を集めることができるか？」

「申し訳ありません、我が王。私にはその『聖級』や『神級』というものがよくわかりません。それは人族が決めた尺度だと思いますので……」

「……なるほど」

確かに、水の大精霊《ウンディーネ》にとって人族の決めた魔法の等級なんて関係ないよな。

「ですが、どこまで魔力《マナ》を集められるか？　という質問にはお答えできます。この世の全ての水の魔力《マナ》、と申し上げたいですが、それをすると今の我が王では扱えないでしょう。今の王でしたら……私は世界中にいる他の水の大精霊《ウンディーネ》、わたしの姉妹たちを呼び出すことができます。彼女たちも我が王の言うことを聞きますよ」

「姉妹……？　水の大精霊《ウンディーネ》は一人じゃないのか？」

「他にもいるのです。かつては一つだった精霊が、あの忌々しいティタ……とある戦争で引き裂かれましたから……」

とある戦争って、『神界戦争《ティタノマキア》』のことか……。

神話の話じゃないか。にしても、大精霊が複数人いることは知らなかったな。

「わかった。困ったらディーアの姉妹も力を貸してくれるってことだな？」

「その通りです、我が王」

水の大精霊《ウンディーネ》が複数人、力を貸してくれる。これは心強いな。

ふふーん、と水の大精霊《ディーア》が得意げに胸を張った。その仕草も、ノア様に似ていると感じた。

ノア様は、元気だろうか？　その時、俺の袖がくいくいと引かれた。モモだ。

「マコト様、こちらを観察している視線があります」

「モモ、どこだ？」

慌ててそちらを振り向く。

確かに『千里眼』スキルで、一瞬だけ何かが見えた気がした。

「あ、私と目があって隠れましたね。おそらく竜です」

「僕は全然気づきませんでした……」

「俺もですよ、アベルさん」

吸血鬼化《ヴァンパイア》したモモの身体能力が凄《すさ》まじい。

これで魔法を鍛えれば、あっという間に俺の戦闘力を抜かれそうだ。

「ありがとう、モモ」

「えへへ……」

俺が頭を撫《な》でると、大賢者様《モモ》が嬉《うれ》しそうにくっついてきた。こいつ、可愛《かわい》いな……。

千年後の大賢者様と、同一人物とは思えない。見た目は全く同じなので、間違いなく同一人物なのだが。

「心配いりませんよ、我が王。どんな魔物が相手でも、わたしがいれば平気ですから」

ディーアが会話に割り込んできた。

「そーいう油断が命取りなんですよ、ね、マコト様！」

モモが俺の手をギューッと摑《つか》む。

「確かに油断はいけませんね、我が王。わたしと『同調《シンクロ》』しましょう」

ディーアも俺の手を摑んできた。あの、両手が塞がるのはちょっと……。

「はい、二人とも周りに警戒すること」

俺は二人と手を離して『索敵』スキルを使った。

当然のように近場に魔物は居ない。一応、警戒は解かずに探索を進める。

が、結局俺たちの前に立ちふさがる魔物は現れなかった。

探索から半日。俺たちは、深層の最奥に到達した。

「ここが……」

「大迷宮《ラビュリントス》の最深層……」

目の前には、巨大な門のような入口がある。

門は半開きになっており、深層の更に下へと続く巨大な階段のような道があった。

結界が張られているかと思ったが、特にそんな様子はない。来るなら来い、ということだろうか……。

ここに伝説の『聖竜』が居る。

ごくり、と唾を飲み込み、俺はゆっくりと一段一段下りていった。長い階段のような下り坂だった。急勾配が、徐々になだらかになっていった。

そして、無機質な岩肌の地面から植物が生えている。

そこは迷宮《ダンジョン》内であるにもかかわらず、明るい陽射《ひざ》しに満ちていた。

ただし、その光は太陽ではなく魔法で生成されたものだとわかる。

地面には、鬱蒼《うっそう》とした緑が広がっているが、どれも地上では見たことがない植物だった。

最深層は、ドーム型の巨大な空間だった。

そして、ぽつぽつと見える巨体は全て竜種——おそらく古竜《エンシェントドラゴン》だろう。

こちらに近づいてもこないが、見られている……と感じた。ちょっと、怖い。

いきなり襲ってくるような様子はないが、友好的な気配もしない。

俺たちは、ゆっくりと歩を進めた。最深層の中央に、泉があった。

『星脈』から流れてきたであろう、多量の魔力《マナ》を含んだ湧き水がキラキラと光っている。

その泉を取り囲むように、真っ白い花が咲き誇っていた。

そこだけが他より明るい光に満ちていた。その場所が、最深層の中心なのだと気づいた。

――泉の側《そば》に、一匹の巨大な白い竜が横たわっていた。


――救世主アベルと聖竜ヘルエムメルツ。

千年後の世界では、街の銅像や絵本の中、教会の壁画、至る所で見たことがある。

大魔王《イヴリース》を討伐した英雄の最も象徴的な姿として、多くの場所で描かれている。そして、
俺の真正面には真っ白い鱗《うろこ》を持った大きな竜が横たわっている。おお……、あれが伝説の
聖竜……。俺は『明鏡止水』スキルも忘れて、しばし感動していた。

「マコト様……」

モモが俺の腕をガシッと摑む。

「どうした？　モモ」

「いや、どうしたって……」

モモが震えている。

「マコトさん……あれは、大迷宮の主です」

「大迷宮《ラビュリントス》の主？」

アベルは真正面の白い竜を見て告げた。

「大迷宮《ラビュリントス》の最奥に居ると噂《うわさ》されていた一万年以上生きていると言われる伝説の古竜《エンシエントドラゴン》です……。まさか、実在しているなんて……」

アベルさんの声も震えている。一万年は凄《すご》いな！　さすがは、救世主様の騎竜だ。

「ま、とりあえず話に行きましょう」

「!?」

俺の言葉に、勇者アベルとモモがこちらに奇妙な視線を向けてくる。まるで頭がおかしい奴《やつ》を見ているかのような。そんな変なこと言ったかな？　ちらっと水の大精霊《ディーア》の方を向いた。

「どうされました？　我が王」

「いや、何でもない」

水の大精霊《ディーア》は、いつも通りだ。大きく伸びをしている。

俺はスタスタと白い竜の方へ進み、勇者アベルとモモはゆっくり後ろからついてきた。

巨大な白い竜は、目を閉じているが寝ているわけではなかった。その証拠に、十メートルほど手前に来たところで、薄目を開いてこちらを見下ろしている。

間近で見ると凄まじい圧迫感だ。

「はじめまして、俺はマコトといいます」

俺は自分の名前を名乗った。が、返事はなかった。聞こえなかったのだろうか？

「あの〜、聞こえますか？……聖竜様？」

「…………………」

あれ？　もしかして、人族の言葉は通じない。困ったな……。

「もしかして、言葉が通じ……」

——何用だ、人間。

頭の中で、声が響いた。こ、これはもしかして!?　脳に直接ってやつか！

「えーとですね、俺たちは大魔王《イヴリース》を倒すために旅をしています。力を貸していただけませんか？」

言った後に気付いたが、これは勇者アベルが言ったほうがよかったかな？

——何故《なぜ》、我らが人間に力を貸さなければならぬ？

返って来た答えは、好意的なものではなかった。というか、とても冷たい。

「ま、マコトさん……」

「マコト様……」

勇者アベルと大賢者様が、俺の服を後ろから引っ張る。

「どうしたの？」

と俺が振り向くと、二人の表情が引きつっていた。

「か、帰りましょう……」

「あの竜様、怒っているような……」

そうかな？　伝説の聖竜なんだから、そんな短気じゃないと思うけど。

俺はもう一度白い竜のほうに目を向けるが、既にこちらに興味をなくしたのか瞳を閉じている。勇者アベルに反応する様子もない。あれー？　力を貸してくれない？　ここに来るのは、まだ早かったのか……。

絵本『勇者アベルの伝説』によると、白い聖竜が仲間になるのは『不死の王《ビフロンス》』を倒した後だ。

魔王を倒したことで、伝説の竜に認められる、とかそういうのなのかもしれない。

現時点では、助けてくれることはなさそうだ。

しゃーない、帰るか。

今回は、大迷宮《ラビュリントス》の最深層に来れたということを成果としよう。その時だった。

突風が吹き、ズシンと地面が揺れた。目の前に、巨大な赤い影が現れた。

燃えるような赤い鱗を持つ古竜《エンシエントドラゴン》だった。その竜は、俺たちを舌なめずりしながら、人族の言葉を発した。

「なぁ、大母竜《マザー》。こいつらを喰《く》ってもいいよなぁ？」

お、おいおい。古竜《エンシエントドラゴン》って、千歳以上の落ち着いた壮年の竜だろ？

こんなヤンキーみたいな古竜《エンシエントドラゴン》が居るのか!?

「マコトさん！　この竜は、伝説の村喰いの赤竜です！　人族を好んで襲うという獰猛《どうもう》な古竜《エンシエントドラゴン》です！　こいつに喰われた人数は、数えきれません！」

「ひっ！」

勇者アベルの言葉に、モモが悲鳴を上げた。

うーむ、人間を好んで食べる古竜《エンシエントドラゴン》か……。その竜に目をつけられてしまったと。

困ったな。

「聖竜様、俺たちはここに戦いに来たのではありません。大人しく帰りますから、見逃してもらえませんか？」

俺は赤い竜でなく、この場で最も立場が偉いであろう白い聖竜に話しかけた。しかし。

――好きにしろ。

その言葉は、俺たちでなく赤竜に向けられたものだとわかった。次の瞬間、赤竜がニィと口を歪《ゆが》め、こちらに襲いかかってきた。

これは……、どーしようかね。俺は水の大精霊《ディーア》の手を掴んだ。

――時魔法・精神加速《マインドアクセル》。

運命魔法を発動させる。ここ最近、修行をしてきた初級魔法だ。
この魔法は本来の『一秒』を頭の中で、何十倍にも引き延ばす。
そしてその効果は、今手を摑んでいる水の大精霊《ディーア》にも適用される。
俺はディーアと同調《シンクロ》して、会話した。
（ディーア、聞こえる？）
（はい、我が王。どうしますか？）
（聖竜の仲間の竜と戦いたくないんだけど……）
（しかしこの赤いトカゲは、不遜にも我が王を食べるなどと言っていますよ？）
ちらっと見た水の大精霊《ディーア》は、冷たい眼《め》をしている。少し苛々《いらいら》しているようにも見える。
（ディーア、殺さないように無力化してくれ）
（はい、我が王）
時魔法・精神加速の効果が切れた。
――凍《い》てつく吐息。
水の大精霊《ディーア》の声が聞こえた。
ディーアが「ふっ」と白い息を吐きだした。そして、瞬きをする間に目の前の赤い竜は
氷の彫像に変わっていた。……これ、死んでないのか？
「ディーア？」

「大丈夫ですよぉ～、手加減しましたからぁ」

俺の呼びかけに、水の大精霊《ディーア》はクスクス笑っている。機嫌は直ったようだ。

「……え？」「あ、あれ？」

ポカンとしているのは、勇者アベルとモモ。そして、周りの他の古竜《エンシエントドラゴン》たちだった。

一拍おいて、その古竜《エンシエントドラゴン》たちが立ち上がり俺たちに殺気を向けてきた。

やっぱり、こうなるよなぁ……。

「聖竜様、俺たちはあなた方と戦いたくありません。どうか、見逃し……」

――オオオオオオオ！

――貴様！　下等な人族の分際で！

――生きて帰れると思うな！

俺の声は、他の古竜《エンシエントドラゴン》たちの怒りの声でかき消された。

こりゃ、駄目だ。古竜《エンシエントドラゴン》って案外、短気なのかなぁ。

「マコトさん！　逃げましょう！」

「師匠！　他の竜まで襲ってきます！」

勇者アベルは剣を抜き、モモは震えている。

俺はここに聖竜に会いに来ただけで、戦いに来たわけじゃない。なにより、ここで彼らを倒してしまって、聖竜は仲間になってくれるのだろうか？　俺は白い竜のほうを見つめた。が、白い竜は目を閉じている。他の古竜《エンシエントドラゴン》を止めるつもりはなさそうだ。

「逃げるのは難しいでしょうね、我が王」

ディーアは楽しげな声で囁《ささや》いた。確かに周りを古竜《エンシエントドラゴン》たちに囲まれ、俺たちは逃げられない。

戦いは避けられそうにない。一匹の古竜《エンシエントドラゴン》が、こちらにブレスを吐こうと、口を開いた。

はぁ……。俺は再び、運命魔法を発動させた。

——時魔法・精神加速《マインドアクセル》。

(ディーア、ここにいる古竜《エンシエントドラゴン》を全て無力化できるか？)

(そうですねぇ～、私一人では難しいかもしれません)

(……何人ならできる？)

(もう、四、五人もいれば十分かと。召喚《よび》しますか？)

(他に手がないなら、仕方ないな)

(召喚のため、我が王の魔力《マナ》を、少しだけ頂きますが、よろしいですか？)

(俺の魔力《マナ》……？　別に構わないよ)

魔法使い見習いである俺の魔力《マナ》なんて、ないに等しい量なんだけど……。

そんなものが必要なんだろうか？

（ふふっ、ありがとうございます。では…………おいで妹たち）

水の大精霊《ディーア》が、片手を振るうと青い光が空中に集まり、刹那に人の形に変わった。

五人の水の大精霊《ウンディーネ》たちが現れた。その姿は、ディーアとうり二つだった。

（あ、あれ……）

目眩《めまい》がした。身体《からだ》から力が抜けるような感覚に陥る。そして両肩に鉛の重しが載せられたように感じる。

「なぁ、水の大精霊《ディーア》。この感覚……もしかして。おまえの妹の召喚に、俺の寿命をどれくらい使った？」

「え？」

ディーアがきょとんとした顔になった。こいつ、魔力《マナ》じゃなくて寿命を盗《と》ったな。というか精霊にとって魔力《マナ》や寿命は無限だ。きっと水の大精霊には区別がつかないのだ。

「えっと……、そうですね。ざっと十年分の魔力《マナ》でしょうか」

「そうか」

十年分の寿命か……。十年で、水の大精霊《ウンディーネ》を五人。おいそれとは、扱えないな。つーか、水の大精霊の力を借りると異様に疲れるんだけど、もしかしてこっちも寿命吸いとられているかも。どこかで、補充しないと駄目だな。

「あ、あの……ダメでした……か？」

水の大精霊《ディーア》が不安そうに、瞳を潤ませている。

「いや、いい」

どの道、今は危機《ピンチ》なんだ。死んだら終わりだ。

「水の大精霊《ディーア》、俺の寿命分は働いてもらうからな」

俺が言うと、ディーアの顔がぱっと笑顔に変わった。

「はい、我が王。存分にご命令ください。たかだか数千年しか生きていないトカゲ共に思い知らせてやりましょう」

ディーアは酷薄に笑った。本当に気分屋だな、大精霊ってやつは。

俺は小さくため息をつくと、水の大精霊《ウンディーネ》たちに命じた。

◇白竜ヘルエムメルクの視点◇

私がこの世界に生を受けて、数千年。……竜族《かぞく》たちは、一万年を生きた古　竜《エンシエントドラゴン》などと吹聴《ふいちょう》している。私はまだそんな歳《とし》ではないのだが……、まあ、それは良い。

争いを好まない私は、大迷宮《ラビユリントス》の最深層で静かに過ごしている。

太陽の光が届かないことは不満だが、地上は忌々しい暗闇の雲で覆われている。

だから、地上で日向《ひなた》ぼっこもできないわけで、全く憂鬱なことだ。

変化のない生活。退屈を持て余しながら過ごす、堕落した日々。嫌いではないが、倦《う》んでいた。ある日、珍妙な侵入者が現れた。

一人は、女神の勇者。

一人は、半吸血鬼《ハーフヴァンパイア》。

一人は、膨大な魔力《マナ》を内包している魔法使いの女。

あと一人は……、なんだこいつは？　何の力も感じない男。勇者の従者だろうか？

変わった集団《パーティー》だった。冒険者、というやつだろう。

まぁ、相手にすることもない……と思ったのだが、よりにもよって一番弱そうな男が私に力を貸せ、と言ってきた。馬鹿馬鹿しい。何故《なぜ》、私が人間に力を貸さねばならないのか。

私は人間の言葉を無視した。人間も無駄を悟って、帰るようだ。それでいい。

大迷宮《ラビュリントス》の最深層は、人間の来る場所ではない。その時だった。

古竜族《エンシェントドラゴン》の中で、最も若い竜《こ》が人間にちょっかいをだした。あの子は、全く……、などと思っていると、あっという間にその子が氷漬けになった。それをやったのは、女の魔法使いだ。

(なっ!?)

その時、気付いた。あの魔法使いの女……人間ではない。あれは……水の大精霊《ウンディーネ》だ。

だが、この大精霊は……受肉している？

まさか、……その術は遥《はる》か昔に失われた魔法のはずだ。私ですら、実物を見たことはなかった。その失われた魔法を使うのは、邪神の使徒。

だが、それは遠い昔話。その魔法の使い手は、現存しないはずだ。だが、大精霊はその男を「我が王」と呼んでいる。

かつて神々が戦争をしていた頃の、名残。精霊を意のままに操る者。

この男が、大精霊を従えている、のか？　こいつが、邪神の使徒？

いや、違う。邪神の使徒ならば、別に居る。

最近、地上で暴れている『黒騎士の魔王カイン』。

あれは、自らを邪神ノアの使徒だと名乗っている。

私は、やつを一度見たことがある。あれは、壊れている。神の愛に耐えられなかったのだ。邪神の寵愛《ちょうあい》を一身に受けた使徒は、『壊れる』か『成れ果てる』かのいずれかだ。

目の前のこいつは？　見たところは、ただの人間。しかし、隣に大精霊を侍《はべ》らせている。

ただの人間のはずがない。こいつこそが、邪神の使徒なのか？

いや、問題はそこじゃない。

ここでこいつと敵対してよいのかどうか……。

そのような疑問が、頭を駆け巡り、次の瞬間に吹き飛んだ。

水の大精霊《ウンディーネ》が『五体』現れたのだ。

あ、あり得ない！　大精霊は、荒れ狂う自然の化身。『天災』の別名だ。そんなものが五体。つまり五つの天災が同時に発生しているということ。大迷宮《ラビユリントス》ごと、沈められてしまう！　こ、こんなものを相手にできるか！

「皆、止め」

遅かった。

「――あはははははは、はっ！」「――ふふふ…………」「――クスクスクス……」「――……ふふっ」

大精霊たちの、愉《たの》しげな嗤《わら》い声《ごえ》が響いた。そして、大迷宮《ラビユリントス》の最深層を飲み込むほどの魔力《マナ》の奔流。ぞっとする。いや、これは、もはや魔力《マナ》ではない。神族の扱う神気《アニマ》ではないかと思うほど、禍々《まがまが》しい力。そして、馬鹿げた魔法が発動した。

――××××××××××（静止する世界）。

精霊語による古《いにしえ》の呪文《ことば》。数千年生きた私が、初めて聞く魔法だった。

大迷宮《ラビユリントス》の最深層が、一面『白』に覆われる。地面、壁、空気すら凍りついた。古竜族《かぞく》の呼吸音が聞こえない。古竜族《かぞく》の心臓の鼓動も聞こえない。無音の……死の世界になった。

（あ、危なかった……）

私は、攻撃を受ける前に結界魔法を展開した。それによって、なんとか魔法の被害を免れた。しかし、私の古竜族《かぞく》たちは……。

（み、みんな……は……）

見回すと私以外の全ての古竜族《かぞく》が全て氷漬けになっている。私はゆっくりと、それを引き起こした張本人に視線を向けた。佇《たたず》むのは、六人の水の大精霊《ウンディーネ》に囲まれている邪神の使徒。

自身からは殆《ほとん》ど魔力《マナ》を感じないが、間違いなく大精霊を率いている男。凍えるような目で、こちらを見つめていた。

——お、おまえ……。

私が震える声で、その男に話しかけようとした時だった。

「貴様ぁっあああああああああああああ!!」

最初に魔法を受けた若い赤竜が復活した。

我々、古竜《エンシエントドラゴン》はこの程度で死にはしない。だが……。

「あらトカゲ。元気がいいですね。しかし、我が王に無礼ですよ?」

水の大精霊《ウンディーネ》によって、再び身体の自由を奪われている。

「ぐっ……う、動かな……」

若い赤竜では、水の大精霊《ウンディーネ》に敵《かな》わないだろう。

「我が王、この生意気なトカゲをどうしましょうか?」

「そうだな……、失った寿命でも補充しておこうか」

無言だったその男は、ぽつりと言うと腰の短剣を引き抜いた。その刃を見た瞬間、心臓に杭《くい》を打ちつけられたような恐怖に襲われた。なんだ、あの短剣は!?

ちっぽけな刃だった。しかし、その刃に纏《まと》わりつく息を呑《の》むような魔力《マナ》。

勇者の聖剣とは違う。人の手に余る卌上の生物が持つような武器ではなかった。かつて、一度だけお逢《あ》いした天界の神が持っている武器のような……。

短剣を手にした男は、赤竜にゆっくりと近づく。

「ひぃっ!!　く、来るなっ……!」

赤竜も、何か嫌な予感がするのか逃れようとするが、大精霊の魔法がそれを許さない。

一体、何を……。私の瞳には、未来が映る。かつて、天界の女神様に賜った加護。

未来視の魔眼だ。それが発動し、少し先の未来を覗《のぞ》いた。その男の未来は、何故か視《み》えなかった。が、私たちの未来は視えた。

『今日、我ら古竜族《かぞく》は、××××××、滅ぼされる』

それを視た瞬間、私は地に伏せていた。

――待ってくれ!!　私の古竜族《かぞく》を殺さないでくれ!

私は、恥を捨て人族の男に頭を垂れた。

◇高月《たかつき》マコトの視点◇

――待ってくれ!!　私の古竜族《かぞく》を殺さないでくれ！

白竜の思念《こえ》が、大音量で頭に響いた。先ほどのような威厳に満ちた声でなく、慌てふためいた声。俺はディーアと顔を見合わせた。

「どうしましょう、我が王？」

「やめておこうか、これ以上は」

相手に戦う意思がないのに、続けることもないだろう。

「ディーア、魔法で凍った竜たちを解凍してくれ」

「畏《かしこ》まりました、我が王」

ディーアが他の水の大精霊《ウンディーネ》たちに、指示を出している。

ほどなくして、凍っていた古竜《エンシエントドラゴン》たちは息を吹き返した。復活した古竜《エンシエントドラゴン》たちは、水の大精霊《ディーア》に怯《おび》えるように遠巻きにこちらを見ている。

これでいいのかな？　と思い白竜のほうを見ると安堵《あんど》したように頭を下げられた。

――ありがとう。私の力を好きに使うがよい。何でも、手を貸そう。

おお、約束を取り付けることができた。

予定と違ったけど、これで聖竜さんの助力を得られそうだ。

「では、よろしくお願いしますね。聖竜様」

――う、うむ……。

俺的には精一杯フレンドリーに挨拶してみたけど、返事は戸惑ったような声だった。

さっきまでギスギスしてたから仕方ない。少しずつ仲良くなっていこうか。

「では、これからの予定ですけど……」

俺が話を続けようとした時。

「ま、マコト様！　大変です」

「ん？」

モモに服を引っ張られた。振り向くと、そこには白い目をして倒れている勇者アベルがいた。って、え⁉

「アベルさん？　どうしたんだ⁉」

「アベル様が息をしてません！」

「…………は？」

ちょ、ちょっと待て。何が起きた。まさか、古竜《エンシェントドラゴン》による攻撃か⁉

俺が慌てて白竜を睨《にら》むと、目の前の竜はブンブン首を横に振った。

――き、君の魔法の所為《せい》だと思うぞ。吸血鬼《ヴァンパイア》のその子はともかく、間近で大精霊の魔法を浴びては、身体《からだ》が耐えられないだろう。

「げっ!?」

　原因は俺だった。つーか水の大精霊《ウンディーネ》の魔法って、敵味方関係ない自爆技なのか!?

「ど、どうしよう!?　モモ!」

「わかりません、マコト様!　どうしましょう!?」

　俺と大賢者様《モモ》が、慌てふためいていると白竜さんから声がかかった。

「——どれ。私が回復させよう。」

　白い竜が呟《つぶや》くと、勇者アベルの身体が輝き始めた。真っ青な顔に徐々に赤みがさす。静かに呼吸音が聞こえてきた。

「よ、よかった……」

　俺の魔法でアベルが死んだらとか……シャレにならん。世界が終わる。

　太陽の女神様《アルテナ》にぶっ飛ばされる。

「助かりました……聖竜様」

　俺がお礼を言うと、白竜は怪訝《けげん》な顔をした。

　——さっきから気になったのだが、その『聖竜』というのは何だ?

　戸惑ったような声で尋ねられた。あれ?　この白い竜は伝説の聖竜じゃないのか?　まさかの竜違い?

「ちなみに、お名前を教えていただけますか?」

──私の名は白竜ヘルエムメルク。この大迷宮《ラビュリントス》の最深層の主をしている。

ヘルエムメルク……。その名前は、伝説の聖竜の名前と同じだ。つまり聖竜というのは、後世の呼び名か。

「ヘルエムメルク様、アベルさんを助けてもらってありがとうございます」

俺は深々と頭を下げた。

──我らの命を見逃してもらったのだ。礼には及ばない。それとその勇者は少し休ませておいた方が良い。相当無理をしてきたのだろう。身体に疲れが溜《た》まっている。『生命の泉』の側《そば》に、人間が休める場所を創った。そこに寝かせておけ。

白竜《ヘルエムメルク》さんの巨体の横にある、不思議な色で輝く泉の側に場違いなベッドが置かれていた。さっきまでなかったよな……。

一瞬で作ったのか。さっきの回復魔法といい、白竜さんは多岐にわたる魔法の使い手のようだ。俺はモモと一緒に、勇者アベルをベッドまで運んだ。

勇者アベルは、眠ったままだ。ふと隣を見ると、モモが疲れた顔をしている。

「モモも少し休んでいいぞ」

「は、はい……。でも、マコト様もお疲れの様子ですよ」

「ああ、そうだな」

実は寿命を吸われた影響か、さっきから身体が重い。今すぐ横になりたい。

「私が見張りをしておきますね」

一人だけ元気な水の大精霊が、提案してくれた。

「ありがとう、ディーア《ディーア》。じゃあ、頼めるかな」

「はい、我が王」

白竜が、モモと俺にもベッドを魔法で創ってくれた。モモは、そこでパタンと横になって寝入っている。

俺もベッドで横になって、目を閉じた。すぐに微睡《まどろ》みに落ちた。


目が覚めた。眠ったのはどれくらいだろう。時計がないので、時間はわからない。

疲れは残っているが、身体のだるさは多少回復した。

「すー……、すー……」

後ろから可愛《かわい》らしい寝息が聞こえた。モモはまだ寝ている。

――目を覚ましたか、人間。

脳内に低い声が響いた。

うおっ！　びっくりしたぁ！　目の前の白竜さんの巨体に、身体がびくりと震えた。

寝起きだけど、一瞬で目が覚めた。

「おかげで、休めました。ありがとうございます」

――うむ。

俺の言葉に、仰々しく白竜さんが頷《うなず》いた。

さて、俺たちが寝ている間に見張りをすると言っていた水の大精霊《あいつ》は……。

「あれ、ディーア？」

見張りをしているはずの、ディーアの姿が見当たらない。

――水の大精霊《ウンディーネ》なら精霊界へ戻った。もっとも精霊界から見張っているから変なことをするとすぐに飛んでくると言ってたな。

「はぁ、そう、ですか……」

精霊界ってのは、どこにあるんだろう？　まあ、いっか。あとでお礼を言っておこう。ディーアには、世話になった。さて、あとは勇者アベルが目を覚ましてくれるといいんだけど。

俺は、アベルの様子を見ようとベッドに近づいた。ベッドの上の人物は、未《いま》だに眠ったままだ。顔が見えるくらいの距離に近づいて覗き込んだ。

「…………え？」

足が止まった。勇者アベルが寝ているはずのそこには……。

そこには、見知った女性が寝ていた。

一瞬、寝ぼけているのかと瞬きを繰り返し、頭を振ったが目に映るものは変わらなかった。

　俺はベッドで寝ている人物をまじまじと観察した。煌《きら》めく金髪。絹のような肌。天使のような寝顔。整った顔の女性の瞳が、ゆっくりと開いた。

「……ん、あれ、僕は……一体？」

　蒼玉《サファイア》のような瞳を、眠そうにこすりながら彼女は起き上がった。寝ぐせで、少しだけ髪が乱れている。俺が絶句していると、彼女は俺を見て言った。

「マコトさん？　うわっ！　僕はなんでこんなところで、寝てるんですか!?　しかも、古竜《エンシェントドラゴン》のすぐそばで！」

　ベッドから飛び降りた彼女の服装は、勇者アベルのものだった。もともと華奢《きやしや》だったその身体は、いつもより小さく見えた。あわあわと、立ち上がるその姿、その顔は……。

（の、ノエル王女……？）

　俺の記憶にある太陽《ハイランド》の国の王女様の姿に瓜二《うりふた》つだった。

　そんなはずはない。今は千年前の時代。ノエル王女が、居るはずがない。

　――目を覚ましたか。人間の勇者。

　白竜さんの安堵したような声が響いた。が、俺はそれどころではない。

「あの、マコトさん？　どうしましたか？」

　目の前。勇者アベルの服を着た、ノエル王女にそっくりの女性はきょとんとしながら言った。彼女の服装、話し方からきっと彼女はアベルなのだろう。だから俺は聞くしかなかった。

「…………あなたは、本当にアベルさん……なんですか?」

恐る恐る俺が問いかけると、彼女は「はっ!」とした顔になった。

慌てて周りを見回し、泉があることに気付く。泉に駆け寄り、自分の顔を確認している。

そして、悟ったようだ。自分の変化に。彼女は、気まずそうにこちらに戻ってきた。

視線を泳がせ、上目遣いで俺を見つめた。その目は勇者アベルと同じだった。

「はい……僕が勇者アベル……です」

少しモジモジとしながら、手を後ろに組み彼女は言った。

ゆ、勇者アベルが女の子になってしまった!?

「僕が……アベルです」

ノエル王女にそっくりな女性は、気まずそうに告げた。

「アベルさんは女の人……だったんですか？」

俺は呆然《ぼうぜん》と呟いた。

「いえ……それは」

アベルが何か言いかけた時。

――そなた『天翼族』の血を引いているな。

俺たちの会話に割り込んできたのは、白竜さんだった。

「白竜《メル》さん、『天翼族』って……」

――おまえ……メルさんというのは私のことか……。まあ好きに呼ぶがいい。我々は敗北したのだから。『天翼族』は天界の神に仕える種族の一つだ。

「天界に仕える種族……」

思い出した。

確か紅蓮《ロザリー》の魔女さんに世界樹に連れて行ってもらった時に会った、翼の生えた女性だけの種族だ。だが勇者アベルが天翼族、というのは本当だろうか。

そんな話は、聞いたことがないし、絵本にも載っていなかった。

俺は改めて彼女のほうを見た。

「ばさっ」と勇者アベル（女）の背中から白い美しい翼が現れる。

その姿はまるで天使のようだった。

「白竜様の言う通り、僕は『天翼族』の血を引いています。そして、それが僕の『性別』と関係あるんです」

アベルの言葉を補足するように、白竜さんが続けた。

――天翼族は、女だけの種族だ。だが、先ほどまでの勇者くんは人族の男だった。つまり、君は『混血《ハーフ》』だな。

「はい。僕は男性の姿でいる時は、勇者アベルを名乗っています。この名前は人族である父に付けられました。ですが不定期に『天翼族』の血が強くなる時期があって、その時の僕は女性の姿になります。その時は天翼族の母がつけてくれた『アンナ』を名乗っています」

「アンナっ!?」

今日、何度目かになる衝撃を受けた。

（勇者アベルと……聖女アンナは同一人物、だった……？）

そんなことがあるのか？

伝説では、勇者アベルと聖女アンナは幼馴染《おさなじみ》で恋人同士だったと伝えられている。書物で、絵画で、教会で教わる物語で、そのように描かれ、述べられている。

だけど、目の前のアベル本人が言っているのだ。これ以上の証拠はない。

「マコトさんが、そんなに驚くなんて珍しいですね……。隠していたことは、申し訳なく思っています。このことを知っていたのは、亡くなった両親を除けば、僕の師匠だけでした」

――神の使いである天翼族は、本来『浮遊大陸』にしか住んでいないはずだ。そして、魔族たちは神の召使である天翼族を目の敵にしている。今の地上で天翼族であることがバレれば、間違いなく命を狙われるであろうな。

「はい……その通りです。僕は天翼族であることを隠すしかなかった……母と同じように」

アベルは悲し気に目を伏せた。俺は勇者アベルと白竜《メル》さんの会話に口を挟めなかった。

初めて聞くことばかりだ。

天翼族の話。勇者アベルの両親のこと。そして、聖女アンナについて。

(だけど、一つはっきりしたことがある)

・光の勇者アベル

・聖女アンナ
・大賢者様
・魔弓士ジョニィ
・聖竜ヘルエムメルク
伝説の五人パーティーが揃《そろ》った！

よかった……、俺は成し遂げましたよ、ノア様、アルテナ様……。

俺が、じーんと感傷に浸っていると、トントンと肩を叩《たた》かれた。

「あの……マコトさん？」

おっといかん、一人の世界に入っていた。

「状況は理解しました」

そのあとの言葉はつい口にしてしまった。

「これで……やっと大魔王《イヴリース》と戦えますね」

「へ？」

――はぁっ!?

俺の言葉に、勇者アベルと白竜さんがポカーンとした顔になった。

「マコトさん、いきなり何を言ってるんですか!?」

――そなた、正気か!?

正気を疑われた。いかん、浮かれてた。

いくら伝説のパーティーが揃ったとはいえ、この世界の大魔王《イヴリース》は恐怖の象徴。

絶対者扱いされているんだった。

「そうですね、まずは魔王ビフロンスと戦いましょうか」

「いや、あの……マコトさん？」

——おぬし、『不死の王《ビフロンス》』は、九魔王の中でも上位の魔王だぞ……。

まずは魔王から倒そう、という俺の提案にも二人からは怪訝《けげん》な顔をされただけだった。

なんでだよ。

「……んー、なんかうるさいです……」

アベルと白竜さんの声で、モモが起きてきた。のそのそとベッドから這《は》ってくる。

「師匠ー、アベル様は起き……って誰ですか、この女は！」

「あー、モモちゃん。僕は……」

「モモちゃん!?　この人初対面なのに馴《な》れ馴《な》れしいです！」

「いえ、僕は初対面ではな……」

——ところで、精霊使いくん。私は君たちの名前すら知らない。教えてもらえないか。

一気に、騒がしくなった。

そして白竜さんの言葉で気付いた。たしかに、ちゃんと自己紹介をしてなかった。

俺は混乱しているモモをなだめ、白竜さんが手伝ってくれること、アベルの身体《からだ》のことを説明した。そしてそれぞれが自己紹介をした。


──ふむ……精霊使いのマコト。勇者アベル。半吸血鬼《ハーフヴァンパイア》の娘がモモか。よろしく頼む。

白竜さんが、俺たちを見下ろす。向こうが巨体過ぎて自然と見下ろす形になるだけだが。

「よろしくお願いします、白竜様……」

「……よ、よろしくお願いします、ヘルエムメルク様」

勇者アベルとモモは、まだ少し白竜さんに遠慮があるようだ。

おっと、仲間といえばもう一人大事な子がいた。

「ディーア」

「はい、我が王」

何もない所から、「しゅるん」と水の大精霊《ディーア》が現れた。

「見張りありがとう。おかげで休めたよ」

「お役に立てて光栄です」

「白竜さんが、俺たちの仲間になってくれたから改めて挨拶をしてくれ」

「はぁ……」

ディーアは俺に向けていた笑顔から一変、興味なさそうな顔に変わった。

白竜さんは、水の大精霊《ディーア》を見て緊張した表情になる。

「我が王の配下に加わることを光栄に思いなさい、トカ……」

「おい」

俺はディーアの肩を摑《つか》み、自分のほうに引き寄せた。

「わ、我が王？」

「ディーアくん。白竜《メル》さんはご厚意で俺たちを手伝ってくれるんだ。敬意を払うように」

「は、はい！　申し訳ありません！」

「すいません、白竜さん。うちの水の大精霊《ディーア》が失礼な口を聞いて」

——う、うむ。気にしておらぬ。あと厚意ではなく脅さ……。

よかった！　流石《さすが》は伝説の聖竜様。心が広い。

「改めまして大迷宮《ラビュリントス》の主である白竜。私は、我が王からディーアの名を賜った水の大精霊《ウンディーネ》です。お見知りおきを」

今度の水の大精霊《ディーア》は礼儀正しい。

——我は古竜《エンシェントドラゴン》ヘルエムメルクだ。ところで、そこの水の大精霊《ウンディーネ》へ名付けを行うその秘術。それは『古い神族《ティターン》』のまほ……。

「ディーア！」

白竜さんが何か言おうとしたのを察し、慌てて水の大精霊《ディーア》へ命じる。

一瞬で最深層が霧に包まれる。ただの霧ではなく、精霊の魔力《マナ》を含んだ霧。

「ひぃっ！」

という古竜《エンシェントドラゴン》の悲鳴が聞こえた。あれは、赤竜くんかな？

——い、一体どうしたのだ、マコト？

白竜さんが戸惑った声を上げた。

「××××、×××××××××××××××（メルさん、精霊語はわかりますか？）」

「××××××（一応わかる）」

よかった。流石は、一万年以上生きている古竜《エンシェントドラゴン》だ。なんでも知ってる。

「××××××××××××××××、×××××？（俺が古い神族の使徒であることは仲間に秘密なんです。会話を合わせてもらえますか？」

「××××××××××××（わ、わかった）」

ふぅ、危ない危ない。口止めしてなかった。俺は水魔法の霧を晴らした。

「マコトさん？」

「マコト様、どうかしましたか？」

アベルとモモが不思議そうな顔をしている。

「いや、何でもないんだ。気にしないで、アベルさん、モモ」

俺は『明鏡止水』スキルで平静を装った。

俺の言葉に、勇者アベルが一歩前に出て俺の手を摑んだ。

「あの……マコトさん……」

「な、何か？」

う、疑われてる？　魔王カインと同じ神様を信仰していることが、バレた？

いや、大丈夫のはずだ。証拠は何もない。『魂書《ソウルブック》』にだって何も書かれていない。

「あの……今のこの姿の時は『アンナ』と呼んでいただけませんか？」

モジモジとしながら彼女は言った。俺は拍子抜けした。

（なんだ……そんなことか）

よかった。俺が邪神様《ノア》を信仰していることがバレたわけじゃなかった。

「ではアンナさん、これからもよろしくお願いしますね」

「……は、はい」

俺は聖女アンナと握手をした。

なぜか、少し頬を赤らめて彼女は微笑《ほほえ》んだ。まだ体調悪いのかな？

「マコト様～」

「どした？　モモ」

「別に～」

ぷくーとほおを膨らませている大賢者様がいた。

お腹《なか》でも空《す》いたのかな？　あとで血を飲ませてあげよう。

「さて、じゃあそろそろ中層に戻りましょうか。白竜《メル》さん、助けが欲しい時はまたここに来ればいいですか？」

俺がそういうと、白竜は不思議そうに首を傾《かし》げた。

――私も一緒に行こう。そのほうが都合がいいだろう。

「え？　いいんですか？」

それは助かる。でも大丈夫だろうか。

白竜さんは、ここの古竜《エンシエントドラゴン》たちを率いているようだけど。

「大母竜《マザー》！　人間と一緒にいくなど！」

「それならば、私も一緒に！」

「我々はどうすればよいのですか！」

案の定、古竜《エンシエントドラゴン》たちが騒ぎ始めた。

――私が久しぶりに地上に出たいだけだ。お前たちはここに残れ。大迷宮《ラビユリントス》の最深層は安全だ。同行したいのであれば、精霊使いくんに言え。ただ……、先ほどの水の大精霊《ウンディーネ》の魔法を防げぬようでは、足を引っ張るだけだと思うがな。

「「「…………」」」

古竜《エンシエントドラゴン》たちが一様に押し黙る。ついでに、アンナも何とも言えない顔をしている。

一緒に、凍っちゃったからなぁ。白竜さんが、こちらに真剣な目を向けて言った。

——精霊使いくん。一つだけ聞きたい、そなたの目的は何だ?

「魔王と大魔王《イヴリース》を倒して世界を平和にすることですよ」

俺がそう言うと白竜さん、および古竜《エンシエントドラゴン》たちが目を見開いた。

「……よくぞ平然と口にできるものだ」

隣を見ると、アンナさんやモモまでも動揺している。

にしても、こっちの時代じゃ大魔王《イヴリース》って本当に恐れられているんだな。

だが、目標はゆるぎない。光の勇者アベルと一緒に、大魔王《イヴリース》を倒す。

——魔王だけではなくその上位存在を倒す……か。普段ならば、変人の戯言《たわごと》と相手にせぬのだが……。

「できるはずがない! 竜王アシュタロト様ですら彼《か》の存在には敵《かな》わなかったのだ!」

「魔族の神を人族が倒せるはずがない!」

「イヴリースの恐ろしさを知らぬ、愚かな人族が……」

古竜《エンシエントドラゴン》たちは、大魔王《イヴリース》を倒すという言葉が信じられないらしい。

「いや、できる。間違いなく」

俺がまっすぐ彼らの目を見て告げると、古竜《エンシエントドラゴン》たちは押し黙った。

ま、千年前の時代では仕方がないのだろう。

だけど、未来から来た俺にとって大魔王《イヴリース》の討伐は、ただの事実だ。

心配しなくても大丈夫。なんせ、伝説のメンバーは全員無事だったのだ。

あとは、歴史通りに事を進めればいい。順調に進んでいる。

「トカゲ共……まだ我が王の力をわかっていないようですね」

「「「…………」」」

水の大精霊《ディーア》が、俺の肩に手を回しながら魔力《マナ》を操る。ズズズ……、と最深層に重苦しい空気が満ちる。おい、すぐ圧迫《パワハラ》するのやめーや、ディーアくん。

――あまり、私の竜族《かぞく》を虐《いじ》めないでくれ。

「やめろ、ディーア」

「……はーい」

白竜さんと俺の言葉に、ディーアがすぐに魔力《マナ》を収める。

「じゃ、一緒に行くのは白竜さんだけですね。でも、ここから中層ってかなり距離がありますけど、近道とかないですかね？」

俺は往路の長い迷宮《ダンジョン》の道のりを思い出しながら言った。

――心配いらぬ、私が空間転移《テレポート》で好きな場所へ運んでやろう。

おお！　そんなことができるのか。やったぜ。

俺はアンナとモモのほうを振り返り……気付いた。

「アンナさん、その姿のままで大丈夫ですか？」

「……できれば人族の姿に戻りたいのですが、まだ体調が本調子じゃなくて」

聖女アンナが、困った顔で答えた。そこに白竜さんが助け舟を出してくれた。

――そこにある『生命の泉』の水を飲めば体力は回復するだろう。

「へぇ……」

確かに白竜さんの隣の泉からは、強力な魔力《マナ》が溢《あふ》れ出ている。アンナは、泉に近づきその水を口に入れた。するとアンナの身体を光が包んだ。

「わっ、身体が回復した……」

振り返ったアンナから、先ほどまで見てとれた疲れがなくなっていた。

そして、女性《アンナ》の姿から男性《アベル》の姿に戻った。どうやら『生命の泉』の水は、回復薬のような効果があるらしい。

俺も泉に近づき、水を手ですくい飲んでみた。次の瞬間、身体の中からカーッと熱くなった。

みるみる身体中に魔力《マナ》が満ちてくる。す、凄《すご》い……。もしかして、この泉の水って最上回復薬《エリクサー》並みなんじゃ……。

「わー、私も飲んでみたいです！」

モモがパタパタ走ってくる。モモが生命の泉に近づく。

（……ん？）

俺は何とも言えない違和感を覚えた。その時、ふわりと空中に文字が浮かんだ。

『モモが生命の泉の水を飲むのを止めなくてもいいですか？』

はい
いいえ
こ、これは!?

「モモ！　止まれ！」

――待て！　チビっ子吸血鬼《ヴァンパイア》！

「へ？」

俺と白竜さんが同時に怒鳴った。モモがピタッと足を止める。

「それは飲んじゃ駄目だ！」

――生命の泉の水は、不死者《アンデッド》にとっては猛毒だ。滅びるぞ。

「ひ、ひぇっ！」

モモが慌てて戻ってきて、俺にしがみ付いてきた。

あ、あぶねぇ……。そうだよな……、不死者《アンデッド》に回復薬は駄目だ。

「ほら、モモは俺の血を飲みなさい」

「は、はい……」

俺はモモに腕を差し出して、少し血を与えた。たはー、と大きく息を吐いた。ほんと、今日は色々あって疲れた。ゆっくり休みたい。あと、血が足りないから肉が喰《く》いたい。

「じゃあ、中層の地底湖へ戻りましょうか」

「あ、でもマコトさん……」

「よろしく、白竜さん」

——うむ、任せろ。

そう言うと、白竜さんと俺たちの足元に魔法陣が現れた。

「大母竜様！」

「どうか、お元気で！」

古竜《エンシエントドラゴン》たちが、名残惜しそうに手を振っている。竜たちが手を振る姿が、なんかシュールだ。

——しばらく留守にするぞ。おまえたち。

白竜さんが、重々しく告げた。そして、俺たちは光に包まれた。

次の瞬間、景色が切り替わる。

最初に気付いたのは、轟轟《ごうごう》という水の落ちる音だった。

「わっ！」「きゃぁ！」「おっと」

勇者アベルとモモが、水面の上に立てていなかったので二人の手を掴《つか》んで『水面歩行』の魔法をかけた。周りを見回すと、間違いなく中層の地底湖だ。

おお！　やっぱり空間転移《テレポート》は便利。

さて、じゃあ土《ヴォルフ》の勇者さん、木《ジュリエッタ》の勇者さんあたりに戻ったことを伝えてと……。

俺の思考を遮るように、誰かの悲鳴が響いた。

「古竜《エンシエントドラゴン》だー！！！」

「あ、あれは大迷宮の主《ラビュリントス》が……どうして中層に！」

「に、逃げろぉおおおおお！！！」

「助けてぇー！！！」

見張りをしていたであろう中層の住人たちが、蜘蛛《くも》の子を散らすように逃げていった。

――なあ、精霊使いくん。これは大丈夫か？

白竜《メル》さんが、困った顔で俺を見つめた。

（…………やっべ）

その後、皆に説明しました。

「……大迷宮《ラビュリントス》の最深層に行ってきた……だと？」

ジョニィさんは、頭痛がするかのように頭を抱えている。

場所は、中層の地底湖前。迷宮《ダンジョン》街の住人が集まっている。

そこは見晴らしがよく、本来は魔物を警戒しないといけない場所だ。が、現在近辺の魔物は一匹残らず姿を消している。その理由は……。

「えっと、そちらの女性が……大迷宮《ラビュリントス》の主さん？」

遠慮がちに木の勇者《ジュリエッタ》さんが、白竜《メル》さんのほうを見ながら言った。

そう、本来なら最深層に居る白竜さんが、中層にやってきたことで魔物は逃げてしまったのだ。そのため中層は平和だ。魔物にとっては、たまったものではないだろうが。

「その通りだ、人間。私が最深層に住まう古竜《エンシェントドラゴン》の長ヘルエムメルクだ。もっとも地上に出るのは数百年ぶりであるが、私の名は知られているようだな」

ふふんと、胸を張るのは竜の姿から人族の女性に『変化』した白竜さんだ。もっとも、身長が二メートルくらいあるスタイル抜群のモデルみたいな体型でかなり目立つが。

「そりゃ知ってるよ……」

「伝説の古竜《エンシェントドラゴン》じゃねーか……」

「嘘《うそ》だろ……、なんでここに居るんだよ……」

そんな声が聞こえてきた。メルさんは、有名竜だった。

「マコト殿。少し下層へ探索に行くとだけ聞いたのだがな……」

「ええ、そうですよ。一泊二日の小探索です」

ジョニィさんの言葉に、俺は頷《うなず》く。

「「「「………」」」」

が、周りの人々からは一様に「何言ってんだコイツ」という視線を向けられた。

なぜだ？　すぐ帰って来たやん。

「ま、マコト様、お休みになられては？　最深層に行ってお疲れでしょう」

そう言ってきたのは、ルーシー似のエルフだ。少し声が震えているのは、白竜さんに怯《おび》えているようだ。

「そうですね、確かに疲れたので休みます。で、近いうちに魔王ビフロンスとの戦いの下見に行きたいので、ジョニィさんも一緒に行きませんか？」

「「「「「は？」」」」」

俺がそう言うと、周りの人々の表情が変わった。伝説のパーティーが全員そろったし、魔王相手でも勝てるはずだ。そう思ってのお誘いだった。

「ま、マコト様!?　一体何を言ってるんです!?」

「マコト殿。無茶を言うな！」

「落ち着くんだ！　一度冷静になれ！」

ざわめきが一気に大きくなる。

ルーシー似の女の子や、鉄の勇者さん、他にも獣人族の男たちが口々に反対する。

白竜さん、アベル、モモは、特に何も言わない。若干、諦めたような顔をしているが。

今回は、魔王と戦う準備をしようと言ったんだけどなぁ……。

歴史的には、最初に倒す魔王はビフロンスなんだから、そんな変なことは言ってないはずなんだけど。が、ジョニィさんは、悩んでいるようだ。

代わりに声をかけてきたのは、白竜さんだった。

「ところでマコト。魔王と戦うなら『聖剣』は持っているのか？」

「聖剣？」

俺は首を傾《かし》げる。

「魔王は悪神の加護で護《まも》られている。対になる聖神族の加護で強化された『聖剣』がなければ倒せぬぞ」

「へぇー、そうなんですね」

「なぜ知らぬのだ……」

いや、だって俺勇者ちゃうし……。でも、確か千年後の世界でも『勇者と聖剣』セットは必要だと言われていた……気がする。

氷雪の勇者レオナード王子と聖剣アスカロン。

風樹の勇者マキシミリアンさんと聖剣クラレント。

灼熱《しやくねつ》の勇者オルガと聖剣バルムンク。

稲妻の勇者ジェラルドと聖剣カリバーン。

そして、光の勇者桜井《さくらい》くんと聖剣アロンダイト……いや、あれって聖剣だっけ？

最後のは、若干記憶に自信がない。うん、ほぼ持ってたな。

なるほど、魔王と戦うのに聖剣は必須アイテムなのか。

でも、まあ、問題ないだろ。ここにはいっぱい勇者がいるし。

「誰か持ってますよね？」

俺は土の勇者さん、木の勇者さん、鉄の勇者さんのほうに視線を向けた。

が、みなさん悲しそうに目を逸《そ》らされた。あ、あれ……？

「ここに聖剣はないぞ」

ジョニィさんが、代表して答えてくれた。え、マジで？

「マコトさん、僕の師匠である火の勇者は聖剣を所持していましたが、魔王カインとの戦いで失いました……」

「そ、そんな……!?」

なんてこった。じゃあ、魔王を倒せないじゃないか。

「白竜さん、聖剣がどこにあるか知りませんか？」

「うーむ、人族の武器についてはよく知らぬな」

むぅ、困った。俺が悩んでいると、ジョニィさんが口を開いた。

「マコト……さっきの返事だが、魔王と戦うということは協力しよう。ただ、少し時間が欲しい。現在、中層に新たな街を築こうとしているが、出来上がっていない。中層の魔物たちが強いために、手こずっているのだ。だから、少し時間が欲しい」

なるほど、ジョニィさんが悩んでいたのは中層の街の住人のことか。

「エルフ族の長よ。私の竜族《かぞく》を一人ここに住まわせようか？　古竜《エンシエントドラゴン》がいれば、魔物どもも襲ってくるまい」

「……いいのか？　そこまでしてもらって」

ジョニィさんが驚いた顔をした。おお、白竜さん、ナイスな提案！

「というか、間違ってここの住人を私の竜族《かぞく》が襲ったりしたら、マコトが怒るだろう……？」

白竜さんがちらりとこちらを見て言った。

「確かに、あの赤竜くんとか俺を怨《うら》んでそうですもんね」

「いや、あの子はマコトを見るだけで身体《からだ》の震えが止まらないと言ってたから、大丈夫だと思うぞ」

「あれ？　そんな酷《ひど》いことしましたっけ？」

「マコト様……」

モモからツッコみが入った。なんだよ。

「ちょっと凍らせただけだろ？」

「そのあと生贄《いけにえ》にしようとしましたよね!?」

「あー……うん」

　そうだったわ。そうか怖がらせちゃったのか。

「百日もあれば、街は完成するだろう。その後であれば、マコトと共に魔王と戦いに行こう」

　ジョニィさんが、承諾してくれた。よし、じゃあ魔王戦は百日後だな。

　だけど……それまでに聖剣を見つけないといけない。うーむ、どうしよう？

　こんな時こそノア様の導きが恋しい。

　水の神殿を出てから、ずっと導いてくれたノア様。この時代だと、俺のことは知らないはずだけど……。俺がしんみりしている時だった。

「あそこなら、聖剣があるんじゃないかしら」

　木の勇者さんが、ぽつりと言った。

「ジュリエッタさん、どこに行けばいいですか？」

「コルネット。月の国《ラフィロイグ》の王都よ」

月の国《ラフィロイグ》！　フリアエさんの故郷。しかも、この時代では滅んでいない。それどころか、全盛期だ。けど……。

「どうして、そこに行けば聖剣がありそうなんですか？」

モモが不思議そうに言った。

そう、そんな噂《うわさ》があるなら魔王軍が放置しておかないのでは？

「それは、コルネットが月の女王様が治める聖都だからです。魔王軍が手出しできない聖地と呼ばれています。そこには魔王軍にも負けない戦士、伝説の武具が数多くあると言われています」

教えてくれたのは、ルーシー似のエルフの女の子だった。

魔王軍が手出しできない聖地か……。この時代では、そーいう扱いなんだな。

のちの歴史を知っていると複雑な気持ちになるけど。

「だが、迷宮《ダンジョン》の街から聖都に助けを求めに旅立った者たちは、誰も戻ってこなかったぞ？」

「え？　月の国《ラフィロイグ》へ向かった人はいるんですか？」

土の勇者さんが渋い顔をして言う言葉に、俺は驚いた。

というか、助けを求めにいっていたのか。そりゃそうか。

「そうなの……まあ、月の国《ラフィロイグ》の王都が安全って話も流れの商人から聞いた噂話に過ぎないんだけど……」

「へぇ、商人もいるんですね」

商売なんてやっていけるんだろうか。

「いるわよ。私たちみたいに、迷宮《ダンジョン》に住居を作ったり地下に街を作ったりして隠れ住んでるところを点々と移動してるの」

「というか、どうしてマコトくんは、何も知らないの？」

不思議そうな顔で質問された。

「あ」

やべ、千年前の常識がないことが露呈してしまった。

「古竜《われら》を一撃で倒すようなやつがコソコソ隠れたりすると思うか？」

「「「あ～」」」

白竜さんの言葉に、みんなが納得したように頷いた。そーいうわけではないのだが……。

まあ、都合よく解釈してくれたから誤解は解かないでおこう。

話が脱線した。決めるべきは、今後の方針だ。

「ジョニィさん、百日後に魔王退治でいいんですよね？」

「うむ……。魔王と戦うのは決定なんだな。仕方ない、協力しよう」

「では、その間月《ラフィロイグ》の国に行って聖剣を探してきますね。白竜さん、場所わかります？」

「大体の場所はわかる。仕方ない、運んでやろう」

白竜さんが了承してくれた。

「じゃあ、お願いしますね」

よし、次の目的地が決まった。

目指すは、滅びる前の月の国《ラフィロイグ》の王都コルネット。

伝説によれば――『厄災の魔女』と呼ばれる者が治める魔都である。

◇

現在、俺たちは白竜さんの背に乗り大空を飛行している。

メンバーは、勇者アベル、大賢者様《モモ》、白竜さん、そして俺。

大迷宮《ラビュリントス》探索から引き続きの顔ぶれだ。

木の勇者さんは一緒に来たがっていたが、白竜さんが「あまり人数を増やすと移動速度が落ちる」ということだったので、泣く泣く諦めてもらった。

ちょっと申し訳ない気がしたが、白竜さんが乗せてくれるわけなので文句は言えない。

「わー、高いですねー師匠！」

「凄《すご》い景色！　僕の翼では、こんなに高く飛ぶことはできません！」

「ふふん。そうであろう、そうであろう」

はしゃぐ大賢者様と勇者アベル。その反応に得意げな、白竜さん。

そして、俺はというと……。

「…………」

向かい風が強すぎて喋《しゃべ》れない。えぇ……、これがずっと続くの？

「精霊使いくん、少しゆっくり飛ぼうか？」

「……そうしてもらえると助かります」

白竜さんがすぐに察してくれた。やはり最年長、気配りが上手だ。

白竜さんがスピードを緩めてくれたおかげで、ようやく会話をすることができた。俺はあまり下を見ないように、二人と話した。

「マコトさんは、月の国《ラフィロイグ》に行ったことはないですよね？」

勇者アベルから質問された。

「あるよ」と答えそうになり、慌てて口を押さえる。

「勿論《もちろん》、行ったことないですよ」

俺が行ったことがあるのは、千年後の月の国《ラフィロイグ》の王都。何もない廃墟《はいきょ》だった。

「実は僕、ずっと行ってみたかったんです。噂で聞いただけですが、この数百年、魔王軍の脅威から唯一逃れている聖都。一体どんな場所なんでしょう」

「そう……ですね」

期待に目を輝かせる勇者アベルと対照的に、俺の返事は重い。月の国《ラフィロイグ》が栄えているのは、魔王軍と通じているからだ。絵本によると、その事実を暴くのは勇者アベルであるらしい。

彼と離れるわけにはいかないので連れてきたが、何が起きるやら……。

「マコト様ぁ～、ここで火魔法の修行は無理ですよー！」

隣にいるモモが俺に訴えてきた。

白竜さんの背中に乗っていると、風の勢いが強く、火が消えてしまうようだ。ちなみに、俺も水魔法と運命魔法の修行を続けている。

「じゃあ、別の魔法にしようか。土魔法か木魔法あたりなら使えるよな」

俺は、モモに別の魔法を提案した。

「うぅ……、移動中は修行しなくていいよ、とは言ってくれないんですね……」

「移動中なんて、むしろ修行しかやることないだろ？」

よくわからんことを言う弟子だ。のちの大賢者様だけど。

その時、俺は重要なことを思い出した。

「白竜さん、モモに空間転移《テレポート》を教えてもらえませんか？」

俺は風で喋り辛《づら》い中、白竜さんに向かって叫んだ。

「ん？　私が教えるのか。別に構わないが」

「マコト様、急にどうしてですか？」

「俺は教えることができないけどモモは『賢者』スキルがあるから使えるだろ」

千年後の大賢者様は、大陸有数の空間転移《テレポート》の使い手だった。

だから、モモには才能があるはずだ。

「では、空いた時間で運命魔法を教えてやろう」

「は、はい……師匠が二人になりました」

「人間、いや半吸血鬼《ハーフヴァンパイア》に魔法を教えるのは初めてだ。ふふ、私は厳しいぞ？」

「うぅ、お手柔らかに」

白竜さん、面倒見がいいなぁ。大迷宮《ラビュリンース》の古竜《エンシエントドラゴン》たちにも慕われてたし。

頼れる姉貴って感じだ。流石《さすが》は一万歳の古竜《エンシエントドラゴン》。ただ、歳《とし》のことを言うと睨《にら》まれたので、言ってはいけないっぽい。

「マコトさん、僕は何をすればいいですか？」

勇者アベルがおかしなことを聞いてきた。

伝説の救世主アベルに、俺が偉そうに言えることなど何もないのだけど……。

「えーと、俺は剣士じゃないのでアベルさんに教えられることはないですが」

「そう……ですか」

少ししょんぼりしているようにみえた。

――その時、俺の脳裏に昔ふじやんから教えてもらった言葉が蘇《よみがえ》った。

◇

「よいですか、タッキー殿。友人が三人以上集まった時、会話の内容は『共通知識』であることが望ましいですぞ。拙者とタッキー殿はゲームの話で盛りあがっていますが、ここにゲームに詳しくない人が交じれば、疎外感を覚えてしまいます。他の知識も持っておくことが重要なのです」

「なるほど」

流石はコミュ強のふじやん。ためになる。

「よって、タッキー殿も『ケモ耳』の素晴らしさを理解するのですぞ！」

どうやら趣味の話をしたいだけだったらしい。ためにならなかった。

「『ケモ耳』趣味の人間は、ゲームにも詳しいんじゃないかなぁ……偏見だけど」

「むぅ、そう言われるとそんな気もしますな」

◇

そんなどーでもいい話だ。

その時の俺は、結局『ケモ耳』の素晴らしさは理解できなかった。

それはそうとして。俺と大賢者様と白竜さんは魔法の話題で盛り上がっている。勇者アベルだけ会話に参加していない。これはいけない。

「俺に太陽魔法を教えてもらえませんか？　最近、スキルを獲得したばかりで不慣れなんです」

「僕が教える……ですか？　わかりました！　任せてください」

アベルの顔がぱっと明るくなった。正解ルートだ。ありがとう、ふじやん。

「じゃあ、さっそく俺の魔法を見てもらいたいんですが」

「い、今からですか!?」

「なぁ、お前さんたち。私の背中で魔法を失敗させてくれるなよ……」

白竜さんから注意されつつ、俺たちは空の旅を続けた。

◇勇者アベルの視点◇

夜になり、白竜様が疲れたということで僕たちは野営することになった。

マコトさんが、川から魚を獲《と》ってきて、モモちゃんが料理をしてくれた。

僕も何か手伝おうと思ったけど、マコトさんが「いいですよ、休んでて」と言われ僕はやることがなくなった。

みんなで夕食を取ったあと、順番に休憩を取ることになった。

「じゃあ、先にアベルさんどうぞ」

「マコト様、ふらふらしてますよ？　休んでください」

「精霊使いくん。君が一番疲れている。休め」

「わかりました……」

マコトさんは白竜様の背中に乗るのに、かなり体力を使っていたらしい。横になってすぐに、寝息が聞こえてきた。

「私も一緒に！」

モモちゃんは、マコトさんの毛布に潜り込み、こちらも幸せそうな顔で寝ている。

兄に甘える妹のようだ。残ったのは、白竜様と僕。

ちなみに、白竜様の今の姿は竜ではなく人族の女性の姿になっている。

「…………」「…………」

会話がない。気まずい。沈黙を破るように、白竜様が話しかけてくれた。

「ところで『天翼族』の姿をしているのは何故《なぜ》だ？　隠しておくべきなのだろう？」

「ここには僕の秘密を知っている人だけですから……。あと夜はこの姿のほうが楽なんです。昼間は男の姿になるんですが……」

「ふぅむ、混血の体質ということか？　難儀だな」

「ええ……、周りにばれないように常に気を張っていました。こうして自然な姿で居られるのは久しぶりです」

僕は言いながら、マコトさんの寝顔を見つめた。まだ出会ってから、そんなに時間は経《た》っていない。でも、マコトさんには驚かされっぱなしだった。

この人について行こう。マコトさんを信じれば、きっと全部上手《うま》くいく。

自然とそんな考えが浮かんだ。

「危ういな……この男は」

白竜様がぽつりと言った。僕は一瞬、聞き逃しそうになった。危うい？

それはマコトさんが？　こんなに強いのに？

僕は驚いて白竜様の顔を見つめた。

「何だ、人間の勇者くん。君はそうは思わないのか？　まさか、精霊使いくんについて行けば全て上手くいく、なんて考えてないだろうな？」

「っ!?」

ニヤリとされた。白竜様に心の内を見透かされたような気がして、僕は押し黙った。

何でそんなことを言うんだろう？

「白竜様……。教えてください、どういうことですか？」

「大声を出すな、二人が起きる。……これはあくまで私の意見だから、正しいとは限らんぞ。それでも聞きたいか？」

「聞かせて……ください」

「よかろう」

そう言って、一万年を生きたと言われる伝説の白竜様は語ってくれた。

「私は何千年と生きてきて、闇と光が入れ替わる瞬間に幾度となく立ち会ってきた……」

白竜様の語りは、そんな言葉から始まった。一体、何の話だろう？

「一体、何の話だ？　という顔をしているな」

「い、いえ！」

慌てて表情を引き締める。白竜様には、すぐ表情が読まれてしまう。

「わかりやすく言おうか。魔王たちが支配する暗黒時代は千年以上続いてきた。そろそろ世界の体制を転覆させる『救世の英雄』が現れる頃合いだと思っていた」

「救世の……？」

僕は意味がわからず聞き返した。

「魔族と人族。片方の支配が長く続くと、もう一方から世界の支配者を倒す者が現れるのだ。そうやって、人族と魔族の支配は、長い年月をかけて入れ替わりを繰り返してきた。

おおよそ千年くらいの周期でな」

「………」

たかだか百年の寿命しかない人族には理解できない話だ。正確には、僕は人族と天翼族との混血ではあるが、僕の寿命は人族と大差ない。

「精霊使いくんと相対した時、私はこやつが『救世の英雄』だと思った」

「!?」

僕は慌ててマコトさんの寝顔に視線を向けた。

マコトさんが!? 凄《すご》い！ 伝説の白竜様にそんな風に思われるなんて！

「だが、どうも一緒に行動してきて……精霊使いくんは生き急いでいる印象を受けた」

「生き急いでいる……ですか？」

「焦っている、というのかな。どうにも危うく見える」

そう言われて、僕も思い当たる節があった。

初めて出会った時から、マコトさんは魔王を倒す、大魔王《イヴリース》を倒すと、大言を吐いてきた。

最初は皆驚き、呆《あき》れていた。けどマコトさんは確かな実力を見せつけてきた。

魔王の側近を倒し、魔王カインを撃退し、白竜様に力を認めてもらった。

だから、いつしか気にしなくなっていた。

でも、たしかにマコトさんはいつも忙《せわ》しない。

モモちゃんの話だと、寝る間を惜しんで修行しているらしい。よく疲れた表情をしている。どうしてそこまで頑張るのだろうか。もうこんなに強いのに。

「そんなに修行しなくてもいいんじゃないですか？」と僕が言うと「一足りないんで」と返事が来た。どういう意味ですか？　と聞くと熟練度をあと一つ上げたいらしい。

たったそれだけのために？

魔法の熟練度なんて、無詠唱魔法ができる五十を超えればたいした意味はないのに。

出会ってからずっと、取り憑《つ》かれたかのように魔法の修行をしているマコトさん……。

それを見慣れてしまっていたけど、あれは焦っていたから、なのだろうか？

「正直に言ってよいか？」

「何を……ですか？」

「おそらく、今の精霊使いくんなら魔王を倒せる」

「なっ⁉」

衝撃を受けた。魔王が倒せるだって⁉　僕が固まっていると、白竜様がため息を吐《つ》いた。

「君は正直過ぎるな。人間の勇者くん」

「え？」

「一つ言っておくが、私は長生きをしているだけで魔王と呼ばれるほどの力はない。つまり、私は魔王より弱く、精霊使いくんより弱い。そんな私の見立てをあまり真に受けるなよ」

「は、はい……」

そうは言っても僕にとって、みんな遥か上位の存在だ。信じてしまうよ……。

「その程度の実力しかない私の予想ではあるが……魔王に勝てる精霊使いくんでも、大魔王《イヴリース》には到底及ばない」

その言葉に身体《からだ》が強張《こわば》るのを感じた。

この世界を支配する魔族たちの主。魔王を従える存在。魔族の神。

「……大魔王《イヴリース》に会ったことが、あるのですか？」

「ある。一度だけな」

「どんな奴《やつ》なんですか……？」

魔王と戦う勇気すら怪しい僕には、想像もつかない。

「思い出すだけでおぞましい。あんなものは地上に居てよいものではない。私は金輪際、『アレ』と関わりたくない……と思っていた」

白竜様の声が震えていた。

「だからな……私は焦らずに力をつけて欲しい。君は、このパーティーで唯一の勇者だろう？」

「僕は……」

確かに『雷の勇者』スキルを所持している。そして、これはマコトさんにもまだ言っていないが、僕は『太陽の巫女《みこ》』のスキルも所持している。それを言うと女性であることがバレてしまうのでずっと隠していた秘密。

二つの特別なスキルを持つ僕は特別な存在として育てられた。

両親は勇者と巫女のスキルを持って生まれた僕のことを大切にしてくれた。

だけど、僕が物心ついてすぐに両親は魔王の手先によって命を奪われた。

次に僕に目をかけてくれたのが、育ての親だった『火の勇者《ししょう》』だ。

僕がいずれ世界を救う存在になる、と言って期待してくれた。

けど師匠もまた、魔王に殺されてしまった。その時僕の心は折れた。

火の勇者が殺された時、僕は逃げることしかできなかった。仇《かたき》である魔王カインが、大迷宮《ラビユリントス》に現れた時も僕は役立たずだった。弱い……、僕は、なんて弱い。

「僕は……マコトさんのようにはなれません。

「それは気にするな」

「え？」

僕の悩みを、白竜様は一蹴した。

「そこで寝ている精霊使いくんが使役している『水の大精霊《ウンディーネ》』。アレは一体で国を亡《ほろ》ぼせる。大迷宮《ラビユリントス》に現れた五体の大精霊。あいつらが本気を出すと大陸が沈む」

「ま、まさかぁ……ははっ」

僕の口から乾いた笑いがでた。いくらなんでも、大げさに言ってるだけ、ですよね？

「まぁ……大陸が沈むは言い過ぎたか。だがそれくらい恐ろしい力なのだ。精霊使いくんの魔法は」

「……」

白竜様の声色からは、冗談とは思えなかった。

「私も神話の中で聞いただけで、実物を目にするのは初めてだ。精霊を操る術は、エルフ族やドワーフ族の中で、細々と受け継がれていることは知っているが、大精霊を使役するなど私の生きてきた限り……いや、私の親ですら会ったことはないだろう」

「……」

一万年の時を過ごした白竜様が……。

「マコトさんは、一体何者なんですか……？」

「……」

急に白竜様が無口になった。

「白竜様？」

「……口止めされている」

「え？」

「嫌な視線を感じる。水の大精霊《ウンディーネ》がこっちを視《み》ているな。出てくればいいものを……」

――あら気づきましたか。我が王のことをべらべらと話してはいけませんよ？

ふっと、何もない所から水の大精霊《ディーア》さんが現れた。

その姿はうっすら透けており、いつものような魔力《マナ》は感じない。

「存在を抑えているな。精霊使いくんに怒られたのだろう？」

白竜様が意趣返しするように言った。

「……勝手に力を使うことを禁止されました。我が王のためを思ってやったのに」

水の大精霊《ディーア》さんは、唇を尖《とが》らせている。マコトさんに叱られたらしい。

「勇者くん。精霊使いくんの正体は、本人から聞け」

「はぁ……」

正体ってどういう意味だろうか？

「こっちは言ってもよいだろう」

白竜様が、言葉を選ぶようにゆっくり口を開いた。

「水の大精霊《ウンディーネ》の力を人族が使えば魂が削られる。寿命を縮める技だ」

「寿命がっ!?」

白竜様の言葉に、僕は思わず叫んでいた。

「国を滅ぼせる力だぞ。何の代償もなしに扱えると思ったのか？」

「し、しかし、マコトさんはそんなこと一言も」

「言っておらぬな……。だが私にはわかる。あれは命を削る技だ」

「我が王はそのようなことを気にしませんよ」

「…………っ！」

水の大精霊《ディーア》さんの言葉に、僕は絶句した。つまり本当なんだ。

マコトさんは寿命を削って戦っていた？　それに気づかずに、僕はのん気に……。

「気にしないのが問題なんだ……。なあ。勇者くん？」

「は、はい」

「精霊使いくんがたった、ひ、ひとりで、戦う今の現状を良しとするか？」

「それは……」

良いはずがない。マコトさんが命を削って僕やモモちゃんを守ってくれているなら、それに甘え続けるなんて許されない。

「僕がマコトさんを助けます。今は力がなくても、支えることができる力を手に入れます」

「それがいい。精霊使いくんが焦っていれば、それを諫《いさ》めてやれ。それが仲間だろう？」

白竜さんが優しく微笑《ほほえ》んだ。

よし、今度からマコトさんが無鉄砲しなったら僕が止めるんだ！

……できるかなぁ。大迷宮《ラビュリントス》では、マコトさんの魔法で僕は瀕死《ひんし》になっちゃったんだけど。一人だと不安が……。

「あ、あの……僕だけじゃなくて白竜様や水の大精霊《ディーア》さんもお願いしますね」

「私は駄目だ」

僕の申し出に、白竜様はきっぱりと拒否した。な、なんで!?

「古竜《エンシエントドラゴン》族は負けを認めた相手に逆らわない。私は精霊使いくんに負けた。だから私は精霊使いくんに従う」

白竜様は真剣な目で言った。聞いたことがある。

古竜《エンシエントドラゴン》に負けを認めさせることができれば、古竜《エンシエントドラゴン》を従えられると。

「だから、白竜様はマコトさんの言うことを聞いてくださるのですね」

「ただの自負《プライド》だ。長く生きると頑固でな」

白竜様がふっと、自嘲するように微笑んだ。

「我が王には、水の大精霊《わたし》がいれば十分でしょう！　私が我が王を支えますから、他は不要です」

ディーアさんが会話に割り込んできた。

「水の大精霊《ウンディーネ》と、ちびっこ吸血鬼《ヴァンパイア》は精霊使いくんを妄信している。むしろけしかけてしまう」

「別にいいでしょう」

「これだから精霊は能天気で、思慮に欠けるのだ」

「なんですって！」

ディーアさんが、プンプン怒っているが白竜様は無視した。

僕のほうに意味ありげな視線を向けた。

「精霊使いくんは、……君に『敬意』を払っているようだ。少し他人行儀ではあるが……君の言うことなら聞いてくれるだろう。君が精霊使いくんの『引き止め役』になるんだ」

「僕の言うことを、マコトさんが……」

確かに、マコトさんはいつも僕を気遣ってくれていると感じていた。それは僕が頼りないからだと思っていた。マコトさんが僕に敬意を持っている……？

「それに、私の予想だともとは別の『引き止め役』が居たと思うんだがな……。あの性格で、長生きができたとは思えん」

「誰かが……マコトさんを支えていた、と？」

「こんな世の中だ。別れは多い。もしかすると魔王を倒すと焦っているのは、大切な誰かを失った『復讐《ふくしゅう》』なのかもな……」

僕と同じようにマコトさんも誰か大切な人を失った？　いや、違う。

「マコトさんは『女神様の神託』を受けたと言っていました」

「だが、精霊使いくんは聖神族の信者じゃない。それどころか、どの神も信仰していない」

「それは……」

その通りだ。マコトさんは、神託を受けたと言っていたけど、太陽の女神様《アルテナ》を信仰していない。鑑定スキルを持っている僕は、それを知っている。

マコトさんは謎が多い。

「君は、精霊使いくんのことをもっと知るべきだ。そして支えてやれ。私のように敗北して従っているわけでもなく、ここの大精霊のように使役されているわけでもなく、そっちのちびっ子のように弟子なわけでもない。君だけが精霊使いくんの対等な仲間なんだ」

「……は、はい」

白竜様の言葉が、ずしりと心にのしかかった。

マコトさんのことを知った気になっていた。マコトさんの強さを信じていた。信じているから、それでよいと思っていた。

寿命を削りながら僕たちを守ってくれていたなんて……知らなかった。

マコトさんが僕を護《まも》ってくれるのは『神託』のためなのか。それとも、他に何か目的があるのかわからない。僕はマコトさんの顔を見た。

静かな寝息。穏やかな表情。ピクリともしない寝相。

その寝顔を眺めていると、なんだか胸が…………ドキドキした。

◇高月《たかつき》マコトの視点◇

「マコトさん。太陽魔法の修行をしましょう！」

「は、はい」

昨日から勇者アベルに話しかけられることが多くなった。

――移動二日目。

今日は天気が悪かったので、早めに野営《キャンプ》をすることになった。

風雨を凌《しの》げる場所がないかと探していたら、「面倒だ」と白竜さんが言って、木魔法で家を作ってくれた。なにそれ、めっちゃ便利。

食事を終えた俺たちは、おのおの自由時間……ではなく修行することになった。

「ほら、チビっ子。空間転移《テレポート》の練習をするぞ。まずは自身の座標と転移先の座標を正確にイメージしろ。これを失敗すると、空中に放り出されるぞ」

「な、何を言っているのかわかりません！」

「まずは、私が手本を見せてやる。次は真似《まね》してみろ」

「えぇー！　詳しい説明はないんですか!?」

「考えるな！　感じろ！」

「無理ですー!!」

白竜さんが、モモに魔法を教えている。高位の運命魔法のことはよくわからんが、なんかレベルが高い会話が聞こえてくる。羨ましい。

「マコトさん、僕が今から同調《シンクロ》して太陽魔法を使いますから、感覚を掴《つか》んでください」

「は、はい……アベルさん」

距離が近い。勇者アベルの態度の変化に少々戸惑う。

「違いますよ、マコトさん」

「え？」

「この姿の時はアンナと呼んでくださいって言ったじゃないですか」

「は、はい、アンナさん。よろしくお願いします」

「はい！　よろしくお願いします、マコトさん」

ニコニコしている勇者アベル改め、聖女アンナが俺の目の前に立っている。

そう、今のアベルは女性の姿なのだ。

「なんで……その姿なんですか？」

「魔法を使うには天翼族の姿のほうが都合がいいんです」

「天翼族は魔法に長《た》けた種族だ。魔族にも引けを取らんぞ」

モモを指導している白竜さんからコメントが入った。流石《さすが》は物知り白竜さん。

「へぇ……」

俺は目の前の翼が生えたアンナさんを観察した。

何度も言うが、聖女アンナの姿はノエル王女と瓜二《うりふた》つだ。口調や仕草は違うが、どうしても太陽の国《ハイランド》の王女様のことを思い出してしまう。どうにもやり辛《づら》い。

「マコトさん、僕の顔に何かついてますか？」

「あー……」

しまった。聖女アンナの顔を見つめ過ぎたようだ。迷った末、正直に言うことにした。

「アンナさんが、知り合いに似てまして」

「知り合い、ですか？」

嘘《うそ》ではない。あなたの子孫ですよ、とは言えないが。その言葉に、んー、と頬に指を当てて考える仕草をする聖女アンナさん。

やっぱり性別が変わるとアベルの時とは雰囲気が違うな、と感じた。

何か思いついたのか、悪戯《いたずら》っぽい笑みを浮かべた。

「もしかして、その人はマコトさんの『想い人《おもびと》』だったりします？」

こちらを覗《のぞ》き込むような視線を向けられた。

「えっ!?　マコト様！　どーいうことですか！」

「おい、チビっ子！　修行の途中だぞ」

白竜さんが止めるのも聞かず、モモがこっちに飛んできた。

「マコト様はアンナさんみたいな美人さんが好きなんですか！」

モモが慌てた様子で、こちらに詰め寄る。

「も、モモちゃん!?　美人じゃないよ、僕は！」

アンナさんが慌ててそれを否定する。俺はため息をついた。

アンナさんが美人なのは、同意だけどね。それは違う。

「アンナさんが似ている人っていうのは、俺の幼馴染《おさななじみ》の婚約者ですよ」

「なんだ……そうですか」

聖女アンナは、少しつまらなそうにつぶやいた。

「な、なんだー。そうですよね、マコト様に恋人なんて居ないですよね？」

「なに？」

モモが、たはーと胸を撫《な》でおろしている。失礼な。

「恋人はいるぞ」

戻るって約束したルーシーは恋人だ。さーさんやソフィアや、姫だって……多いな。

名前と人数を言うのは止《や》めておこう。何となく。

「「!?」」

俺の言葉に何故《なぜ》か三人とも衝撃を受けたような顔をした。何だよ。

「マコトさん……疑うわけじゃないのですが……、恋人が居るって本当ですか？」

「どうしてそんなこと聞くんですか？」

「だって……」

聖女アンナが言い辛そうにもじもじしている。恋人がいるのは嘘じゃない。

一応、千年後の世界では国家認定勇者だし。そこそこモテていた、……はず。

「精霊使いくんは『童貞』なのに恋人がいるなんて見栄《みえ》を張ってるんじゃないか、と言いたいのだよ。そこの天翼族は」

白竜さんが、ぼそっと言った。

「なっ⁉」

何故それを知っている！

「そうですよ！　私も吸血鬼《ヴァンパイア》について白竜師匠に教えてもらったんです！　師匠の血は特別な味がします！　芳醇《ほうじゅん》な香りにビロードのような舌触り、あれは『童貞』の味です！」

「おい」

無駄に凝った言い回しをするな。ビロードってなんやねん！　誰だ？　モモに余計な知識を与えた犯人は！　俺が白竜さんを睨《にら》むと、彼女は目を逸《そ》らした。

「そうですよー、我が王は清い身体《からだ》です。ふしだらな行為はしておりませんよー」

水の大精霊《ディーア》まで出てきやがった。こ、こいつらっ……！

『明鏡止水』スキルを使ってなお震えた。

「なんでみんな知ってるんだよ！」

千年前にやってきて、一番の大声で怒鳴った。

・『鑑定』スキル持ち……白竜さん、聖女アンナ
・血を飲んだらわかる……大賢者様《モモ》
・なんとなくわかる……水の大精霊《ディーア》

事情聴取をしたところ、俺の童貞歴は筒抜けだったらしい。

こいつらの前には、プライベートなんてなかったんや……。

というか、何となくわかるって何だよ……水の大精霊《ディーア》。

「お、怒らないでください……マコトさん」

「別に怒ってないですよ」

俺ががっくりと落ち込んでいると、聖女アンナがおろおろと話しかけてきた。ショックから立ち直り、俺は修行の続きをすることにした。

しばらく無言で修行が続いた。会話がないので俺が口を開いた。

「俺の秘密だけバレるのは不公平なので、アンナさんの秘密も教えてください」

「僕の秘密ですか？」

俺が半眼で告げると、彼女は焦ったようにキョロキョロと首を動かした。

「え、えーっとですね。で、では僕は『太陽の巫女《みこ》』スキルを持っています！」

「あぁ、そうですね」

知ってる。というか、聖女アンナが『太陽の巫女』であることは千年後なら幼児だって知ってる。

「全然驚きませんね！」

「他には？」

「うぅ……、他ですか」

俺はしつこく尋ねる。聖女アンナ＝聖者アベルが持っているはずの、あのスキル。彼女の口から、きちんと聞いていない。

「アンナさんの持っているスキルを教えてもらえませんか？　全て、」

「え、ええ……いいですけど」

アンナの口から、次々に強力なスキル名があげられた。

「……以上です」

「他にはありませんか？」

「え？　いえ、これだけですよ？」

「もう一度、確認してもらっていいですか？　きちんと魂書《ソウルブック》を見てください」

「は、はい。わかりました………えっ!?」

アンナの目が丸くなった。

「ひ、光の勇者スキル……これは一体……？」

「あるじゃないですか」

魔王カインの神器《よろい》を斬り飛ばした魔法剣。その七色に輝く刃。

『七色の光』は、神級もしくは準神級の証《あかし》。

太陽の女神様《アルテナ》に教えてもらった通り。その魔法剣を扱えるのは光の勇者のみ。

「マコトさん！　どうして、僕に新しいスキルがあることを知ってるのですか！」

「ん？　えっと」

聖女アンナが凄《すご》い剣幕で詰め寄ってきた。

「太陽の女神様《アルテナ》の神託ですよ」

「……マコトさんは、そういえば何でも僕が信じると思ってませんか？」

「ソンナコトナイデスヨー」

少しギクッてなった。アンナさん、素直だからなぁー。

神託って言えば大丈夫やろ、って思ってます。

「マコトさん。神託って本当ですか？　僕に隠していることはありませんか？」

何故か俺が責められる流れになった。これは良くない。

「あ、アルテナ様に聞いてみればいいじゃないですか。太陽の巫女なんですよね？　アンナさんは」

巫女は神様の声が聞こえる。千年後の話とは言え、俺がアルテナ様の神託を受けたのは紛れもない事実。当人に確認してもらうのが、一番手っ取り早い。

「それは……できないんです」

「なぜですか？」

何となく察しがついたが、質問した。

「暗闇の雲……あれが空を覆い、太陽の光が届かないため僕は太陽の女神様《アルテナ》の声が聞けません……役立たずの巫女なんです」

しょんぼりと俯《うつむ》いてしまった。落ち込んでいる様子だ。

「それじゃあ、仕方ないですね。機会があったら聞いてみましょう。俺がアルテナ様に神託を受けたのは間違いないから、そこは信じてください」

なるべく明るく声をかけた。

「はい……」

「話が逸れたので、修行の続きをしましょうか」

そう言って締めくくった。勇者アベルが『光の勇者』スキルを自覚してくれたことは良いことだ。が、『光の勇者』スキルは太陽の光がなければ、ガソリンのない車みたいなもの。

ここの課題を解決しないといけないな。そんなことを考えていた時だった。

「あの……僕の秘密ですけど……」

アンナが俺の近くに寄ってきた。顔が少し赤い。

「別にいいですよ。スキルを教えてもらったので、チャラで」

「いえ……マコトさんの個人的な秘密を、勝手に知ってしまったのは申し訳ないので……」

「別に気にしてませんから」

俺が童貞であることは、大賢者様、白竜さん、水の大精霊《ディーア》にもばれているのだ。

今更、気にすまい……ははっ。

「えっと……僕も経験はありません」

「…………？」

一瞬、聖女アンナが何を言っているか理解できなかった。

「僕も……処女ですから」

顔を真っ赤にして、耳元で囁《ささや》かれた。

何を言ってるんだ。この聖女《ひと》は?!

「……っ!?」

「おそろいですね」

「は、はい」

俺はかくかくと頷《うなず》いた。

「しゅ、修行しましょうか!?」

「そ、そうですね!」

その日の魔法の修行は、少しぎこちなかった。

翌日は雨が上がり、白竜さんに乗って目的地を目指した。

「この辺りで降りよう」

白竜さんの言葉で、俺たちは地面に降り立った。千里眼を使うと、遠目に大きな城壁が見えた。

見えた。城壁は初見だが、地形には見覚えがある。

その時は街はなく、だだっ広い草原と廃墟《はいきょ》があるだけだった。

しかし俺たちの前には、大きな城塞都市と美しい城がそびえ立っている。

俺たちは——月の国《ラフィロイグ》の王都コルネットに到着した。

六章　高月マコトは、月の国へ行く

「あれが月の国《ラフィロイグ》の王都か……」

千年前の時代にきて、初めて大きな人族の街を目にした。

あまり高くない城壁に囲まれており、守りが堅そうには見えない。

「じゃあ、行きましょうか」

「待ってください」

前に進む俺の手を、勇者アベルが摑《つか》んだ。今は男性の姿になっている。

「アベルさん、どうしました？」

「マコトさん。木の勇者さんの言葉を、忘れたんですか？　僕たちの仲間が月の国《ラフィロイグ》の王都に行ったっきり、帰って来ていないんです。まずは様子をみましょう」

「あ～、はい。そうですね」

そうだ。冒険の基本じゃないか。初見の場所は、下見しないと。

「えぇ～、大丈夫ですよ、我が王！　何が出ようと、水の大精霊《わたし》が蹴散らしますから」

ディーアが現れ、先に進もうと提案した。

「駄目ですよ、ディーアさん！　あなたが強いことは良く知っていますが、何でも暴力で解決してはいけません」

「あら、水の大精霊《ウンディーネ》に意見するのですか、人間？　私の魔法の余波で倒れてしまう脆弱《ぜいじゃく》な分際で……あぁ！　我が王、そんな目で睨《にら》まないでくださいー！　冗談です！」

「アベルさん、うちのディーアが失礼しました」

勇者アベルに無礼なことを言うディーアを窘《たしな》めた。正直に言うと、水の大精霊《ディーア》がいればなんとかなる気はしている。が、勇者アベルの言葉だ。無視はできない。

そしてなにより、俺は慎重に行動するのが信条だったはずだ。こんなに行き当たりばったりな思考だっただろうか……。

——マコト、あなたすぐに無茶をするんだから！

そういえば、俺が突っ走っている時はいつも女神様《ノア》が止めてくれてたっけ？

今は俺を導いてくれるノア様の声は聞こえない。

……気を付けます、ノア様。俺は心の中で、女神様に詫《わ》びた。

「アベルさん、指摘をありがとうございます。すこし街の様子を観察しましょうか」

「はい、マコトさん」

俺たちは、街に出入りする人々を観察することにした。

俺の千里眼スキルも使ったが、単純な目の良さは白竜さん、大賢者様がずば抜けている。

彼女たちに聞いたほうが良い。

「白竜さん、モモ、どうですか？」

「検問は雑だな。ほとんど素通りだ」

「ただ気になるのは……人族っぽくない者が居ます。あれは何者でしょうか……？」

「魔人族だろう。人族と魔族の混血。……にしても随分多いな」

モモの疑問に白竜さんが答えた。そうか、やはり魔人族が多いのか。

「魔人族……？」

勇者アベルにとっては耳慣れないのか、首をかしげている。

「精霊使いくん、どう思う？」

「そうですね……」

白竜さんが俺に問うてきたが、実際のところ背景は理解している。

千年前の月の国《ラフィロイグ》は、人族と魔族の『種族融和』政策を掲げている。

地上の民が、全て魔人族になれば平和になるはず、という考えだ。

だから王都コルネットにたくさんの魔人族が居るのは不思議ではない。

本来相容《あいい》れないはずの、魔族と人族が婚姻しているのは厄災の魔女に『魅了』されているため。魔族と人族が偽りの夫婦となり、多数の魔人族が住む魔都。

が、そんな歴史をしらない他の三人には違和感があるのだろう。

（虎穴に入らずんば虎子を得ず……）

半日観察をした限り、王都に入るだけなら問題なさそうと判断した。

「これ以上の情報は、街に潜入してみないとわかりませんね」

「仕方ないか……。いざとなれば私が皆を逃がそう」

白竜さんの言葉は、心強い。

「じゃあ、行きましょうか。水の大精霊《ディーア》は、俺が呼ぶまで隠れていてくれ」

「……はーい」

俺は不満げな水の大精霊《ディーア》にくぎを刺し、街へ近づくことにした。

変化《へんげ》スキルを使うことも考えたが、人族も魔人族もフリーパスの街だ。下手な変化をして、バレたほうが怪しまれるだろう。特に変装はしなかった。大きな門が近づいてくる。

「次の奴《やつ》こっちに来いー。うん？　見ない顔だな」

門番に呼び止められた。

「でかい女一人に、若い男二人と少女か……。君たちはどんな関係だ？　この街への用件は？」

怪しむというより興味で質問をしてきている感じだった。俺は事前に決めておいた話を語った。

「俺とアルとモモは三人兄弟です。で、こちらが俺たちの母さんです。実は、父親を病気で亡くしまして、この街に仕事を求めてやってきました。街に入っても良いでしょうか？」

勇者であるアベルは、偽名でアルという名前にしておいた。

あとは、本名でも問題ないだろう。

「そうか……父親が。それは大変だったな」

門番の顔が同情的なものに変わった。

「女手ひとつで大変だろうなぁ……。街の中は、女王様のご加護で安全だ。仕事、見つかるといいな。にいちゃんたちも、母さんを助けるんだぞ。ほら、君には飴玉《あめだま》をやろう」

「ありがとう、おじさん」

モモが飴を貰《もら》っている。この門番さん、めっちゃいい人やん。

「う、うむ……」

比べて白竜さんは、頬をぴくぴくさせている。母親役に抵抗があるようだ。

大迷宮《ラビュリントス》で大母竜《マザー》とか呼ばれてたから、てっきり子沢山かと思ったら実は未婚らしい。

「なんで結婚しないんですか？」

って聞いたら、「ああん？」って殺されそうな目で睨まれた。

……怖かった。もう二度と聞くまい。

こうして、俺たちはあっさりと月の国《ラフィロイグ》の王都コルネットに潜入した。

「大きな建物が沢山！　食べ物が沢山売られてます、マコトさん！」

「わー、いろんな店がありますねー、師匠！」

勇者アベルとモモがキョロキョロと街を見回している。おいおい、田舎者丸出しだぞ？

ちょっとは、白竜さんの落ち着きを見習ってだな。

「ほう！　なんだあの品物は？　初めて見るな！」

キラキラした目で、露店を冷やかしているメルさんの姿があった。

そういえば地上の街に行くのは数百年ぶりと言ってましたね。はしゃぐ三人に嘆息しつつ、俺たちは街を散策した。まずは寝床を確保しようということで、宿屋を探した。

宿屋はすぐに見つかったが、保証金《デポジット》がない。

困っていたら「換金できそうなものはないのか？」と宿の主人に聞かれた。

白竜さんが大迷宮《ラビュリントス》の魔石を渡すと「とんでもねぇ純度の魔石だな。ちょっと待ってな！」と言って宿の奥に消えた。

しばらくして宿の主人が戻ってきて、大量の硬貨を持ってきた。

「こんなにいいのか……？」

白竜さんが戸惑っている。

「おう、勿論《もちろん》だ。部屋もワンランク上げておいたぜ、サービスだ」

と良い部屋を用意してもらえた。ここの宿の主人もいい人だ。俺たちは荷物を部屋に置き、街を散策することにした。

「お客さん」

宿を出ようとしたときに、主人に呼び止められた。

「あんたらはこの街が初めてらしいから言っておくが、朝は女王様のありがたい演説があるから王城前の広場に集まるように。これは王都に居る全員の義務だからな」

「わかりました。教えていただき、ありがとうございます」

俺は主人にお礼を言って、宿を出た。


「よう、可愛《かわい》いお嬢ちゃん、うちの商品はどうだい」

「そこの綺麗《きれい》な顔のにーちゃん。あんたに似合いの装備があるよ」

「美しい奥様《マダム》。あなたに似合いのドレスを見ていかないかい？」

「誰がマダムだ！」

みんなが客引きにあっている。白竜さん、設定忘れてない？

やや浮かれている皆と、街を散策することとなった。

王都コルネットには活気がある。モモと勇者アベルは楽しそうだ。

本来の目的は『聖剣』に関する情報収集だが、それは夜に酒場にでも行こう。

俺は露店で串焼きのセットを買って、そのへんのベンチに腰掛けた。ゆっくり食べながら、道行く人々を観察する。やはり気になる点は、魔人族の多さだろうか。

魔人族は外見的に、人族ではありえない特徴を持っている。

角のある者。肌の色が独特な者。目が三つある者。

しかしみな友好的だ。子供や老人も多くいる。試しに、通りかかった人に王城までの道を聞いたら快く教えてくれた。

雰囲気的には、多民族な水の国《ローゼス》に似ているかもしれない。

その時、俺の隣に白竜さんが、どかっと座った。

「貰うぞ」

と言って、俺の手元から一本の串焼きを奪っていった。支払いは白竜さんの魔石を換金したものなので、文句はない。というかちょっと買い過ぎたと思っていた。

「美味《うま》いな、これは何の肉だ？」

「暴れ野牛《バイソン》らしいですよ」

「ほう……今度、狩ってくるかな」

「秘伝のタレを使ってるみたいなんで、手作りじゃ同じ味は出せませんよ」

「そうか、残念だ」

とりとめのない会話をした。周りに違和感を与えないように。

（精霊使いくん、気づいているか？　ここの民にかかっている呪いに）

白竜さんが小声で話しかけてきた。

（ええ、『魅了』の呪いのことですね？）

俺は小さな声で答えた。

（そうだ。魔族の気配もする。人族と相容れぬはずのこいつらが、家族を成している。街全体を覆っている『魅了』魔法……。とてつもない使い手がいるぞ）

（月の巫女《みこ》……。この国の女王でしょうね）

別名『厄災の魔女』。この国を支配している人物だ。

（知り合いか？）

「まさか。知り合うのはこれから、です」

（また、よくわからぬことを……。精霊使いくんは何者だ？　古い神族の信者であることは隠しているようだが……）

そう問われて少し考えた。俺の目的。千年後の未来から来たこと。白竜さんになら、話してもいいかもしれない。彼女は非常に思慮深い。

（白竜さん、俺の正体ですが……）

（待て。ここでは聞きたくない）

「？」

思いがけずストップをかけられた。

（私自身は、精霊使いくんの正体に興味はなくもないが、話すなら全員に話してくれ。我々は部隊《チーム》だろう？　チーム内のメンバーに情報格差を作ると、不和のもとになる。そう思わないか？）

「…………」

諫《いさ》められた。でも、その通りだと俺も思った。

（私が最も知りたいのは、この部隊で大魔王《イヴリース》を倒せるかどうか、という点だけだ。精霊使いくんは倒せると思っているのだな？）

「それは保証しますよ」

（なぜそこまで自信を持って言えるのか……。まあ、良い。期待しているよ）

「はい」

その言葉に、一瞬ノア様のことを思い出した。

街で遊び、もとい探索していた二人が戻ってきた。一度宿に戻り、酒場で夕食がてら情報収集をした。が、あまり実のある情報は得られなかった。

「月の国《ラフィロイグ》は住みやすい」「月の国《ラフィロイグ》の女王様は素晴らしい」「王都コルネットにいれば安心だ」

そんな声ばかりだった。

そもそも王都の民全員が『魅了』魔法にかかっているのだ。おそらく重要な情報は、持っていないのだろう。困ったな……。

その時、どこからか声をかけられた。

「…………………高月《たかつき》マコト様」


ぎくりとした。俺の名前がフルネームで呼ばれた。

俺は、千年前に来てから『高月』姓を一切名乗っていない。

それを知っているのは、千年後の知り合いだけ。

名前を呼んだ者を見ると、深くフードを被《かぶ》った少し怪しい人物だった。見覚えはない。

「こちらへ来ていただけますか？……我らの主がお待ちです」

俺と白竜さんは顔を見合わせた。

俺たちは声をかけてきた主についていくことにした。

「どうぞこちらへ、高月マコト様とご一行」

怪しいローブの人物は、街の奥へ奥へと俺たちを導いた。

「マコトさん……信じてよいのでしょうか？」

「罠《わな》……の可能性はないですか？　マコト様」

「多分、大丈夫」

勇者アベルと大賢者様が心配げに言うが、俺には心当たりがあった。

俺に声をかけたローブの人物の手の中にある紋章。

それは、月の国《ラフィロイグ》で信仰される月の女神《ナイア》様のものではなかった。その紋章は……。

「なぁ、精霊使いくん。高月とは君のことか？」

「俺の名字ですよ。メルさん」

「ほう……名字を持っていたのか。さては君の正体は、東の大陸の貴族の出か？」

「残念。ハズレです」

「むぅ、違ったか」

正体を言うなと言うが、気にはなるらしい。

その会話に、モモが割り込んできた。

「マコト様、名字をなぜ隠してたんですか？」

「まぁ、色々あってな。モモは今まで通りに呼んでくれ」

「は、はい……うぅ、マコト様は謎が多いです」

「……マコトさんの知らない情報が……また、隠されてた……」

「アベルさん？　何か言いました？」

「い、いえ！　何でもありません」

そんな雑談をしながら、いつしか俺たちは薄暗い街角――スラムのような場所に来ていた。月の国《ラフィロイグ》の王都は、どこも明るい雰囲気だったが、全てがそうとは限らない。

案内された建物は、廃墟《はいきょ》のようにボロボロだった。

が、外見が見すぼらしいだけで、中に入ると小綺麗《こぎれい》に片付いている。ぽつぽつとロウソクが照らす廊下を進んだ。突き当たりには、大きな扉があった。

「この先で主様がお待ちです」

ローブの女性は、そう言って消えていった。

アンナさん、大賢者様は緊張した面持ち。白竜さんは、普段通りだ。

俺は、ゆっくりと扉を開いた。


「待っていました。勇者たち」

扉を開いた先は、礼拝堂のようになっており最奥にある演壇に一人の女性が立っていた。

年齢は十代の前半だろうか。小柄で整ったその容姿は、美しい人形のように見えた。

やや冷たい印象を受けるその瞳が、こちらを見下ろしている。勿論初対面なのだが、俺はある人に似ている、と感じた。

「高月マコトです」

俺はゆっくりとその人に近づき、名乗った。

「ええ、知っています。あなたのことは運命の女神様《イラ》から聞いています。私は運命の巫女、エステルと申します」

「「!?」」「……やはり」

アベルとモモが驚いた顔をしている。白竜さんは察していたようだった。

運命の巫女……エステル様……か。巫女の名前は千年後と同じなんだな。

代々名を受け継ぐ、とかなのだろうか？

「どうぞ、おかけなさい」

俺は着席を勧められ、礼拝堂の一番前の席に座った。

隣に座ったモモが、緊張で身体《からだ》を硬くしている。

さて、折角会えたのだから聞きたいことは山のようにある。

「あの……、ところで運命の女神様《イ　ラ》と話したいのですが……」

「ちょっと待ちなさい、先に勇者からです」

じろりと俺を一瞥《いちべつ》した。巫女様は、演壇を降りて勇者アベルに近づいた。

「勇者アベル。大変な旅だったでしょう。よく無事にここまで来ました」

「は、はい……。危ないところをマコトさんに助けてもらいました」

「手を出してください」

勇者アベルは、言われたとおりに手を前にだした。それに数秒、巫女エステルが触れる。

あれは、何をしているんだろうか。

「ふむ、なるほど」

「あの、巫女様？」

訝《いぶか》しげな表情のアベルを、エステルさんは無視した。

「次に、そちらの小さな賢者よ。あなたも苦労したでしょう」

「は、はい！　でも、マコト様が一緒でしたので！」

「そうですか。それは良かった」

エステルさんがニッコリと微笑《ほほえ》む。

「良い師に導かれているようですね」

そう言って、モモの頭に軽く触れた。

「最後にそちらの白竜ヘルエムメルク」

「はい、巫女様」

珍しく白竜さんが緊張している。てか、あれ？　俺は？

「巫女様。私はかつて運命《イ》の女神《ラ》様に助けていただいたことがあります」

「ええ、そのことを運命《イ》の女神《ラ》様は覚えています。かつての幼竜が立派になったと女神様はお喜びです」

「ありがたい、お言葉です……」

白竜さんの声は少し震えていた。

そうか、メルさんは運命《イ》の女神《ラ》様の知り合いだったのか。それなら運命《イ》の女神《ラ》様の話をすればよかったか。巫女エステルは、アベルと同じように白竜さんの手を一瞬だけ握った。そして、再び演壇に登った。俺のところにはこなかった。

「あの～、エステル様？」

「だから、ちょっと落ち着きなさいって、あんたは」

「は、はぁ……」

怒られた。

そんな不機嫌な口調で言わんでもいいやん、と思いつつこの巫女《ひと》もしかして……。

「さて、これから魔王に挑むにあたりあなたたちの今の装備では心許《こころもと》ないでしょう。ここにあなたたちの武器を準備しました。好きなものを選びなさい」

そういうや、何名かのローブの人たちが出てきて次々に武器や盾、鎧《よろい》を並べ始めた。

おお……、なんだこの贅沢《ぜいたく》な展開は。

俺たちの目の前には、ミスリル製と思われる武器や幻獣素材の武具が輝いている。

「うわぁ……」

「わわっ！　キラキラしてます、白竜師匠！」

「ほぉ……、これは」

勇者アベル、大賢者様、白竜さんが目を見張った。いいなぁ、俺も選んで良いのかなぁ。ふらふらとそっちに行こうとした時、くいくいと袖を引っ張られた。振り向くとそちらに居るのは。

「エステル様？」

「……高月マコト。あなたに個別に話があります、こちらに来なさい」

「俺だけ、ですか？」

「そうよ、あなただけ。早くしなさい」

そう言って運命の巫女《エステル》様は、奥の部屋へ消えていった。

「わ、このマントには四属性の防護魔法がかかっています！」

「それは、天獅子《てんじし》のタテガミを織り込んだものだな。伝説の一品だ。もらっておけ勇者くん」

「こ、これがっ……」

「白竜師匠、この杖《つえ》から凄《すご》い魔力《マナ》が……」

「それは世界樹の枝から作った杖だな。半端な魔力《マナ》のものには扱えんが、賢者であるちびっ子にはいいんじゃないか？」

「せ、世界樹ってあの神話に出てくるっ!?」

「浮遊大陸には、世界樹の苗木があるからそこまで珍しいものではないぞ？　むしろ加工の方が大変なのだ」

「なんでも知ってますね！　白竜師匠！」

「なんでもは知らん」

楽しそうな声が聞こえる。解説役は白竜さんだ。あの人の知識量は半端ないな。

俺もあっちで武器や防具が見たいよう……。

「高月マコト様はこちらへ。巫女《みこ》様がお待ちです」

「……わかりました」

ローブの人にぐいぐい押された。仕方なく奥の部屋に向かう。

そこは小さな窓のない部屋だった。後ろ姿の運命の女神の巫女が立っている。

「扉を閉めなさい」

巫女様が告げた。

「はい」

ローブの人が、分厚い扉を閉めた。

バタン、と大きな音がして扉が閉まった。これでこの部屋は完全な密室になった。

随分と厳重なんだな……。まさか罠《わな》、じゃないよな？　少しだけ不安になった。

「あの……、巫女様？　ご用件は……」

「高月マコト～～～！！」

次の瞬間、運命の巫女《エステル》様が俺に抱きついてきた。

巫女様は小柄だが凄い勢いで、俺はそのまま床に押し倒されてしまった。

「よく無事だったわね！　心配してたんだから！」

巫女様は俺の上に乗ったまま、小さな手で頭を撫《な》で回した。

「あの～、巫女さ……あなた運命の女神《イラ》様ですよね？」

「ふふふー、そうよー。久しぶりね、高月《たかつき》マコト。ああ、この姿だとピンとこないかしら」

パチン、とエステルさんが指を鳴らす。

すると彼女は光に包まれ、その中から長いピンクの髪を輝かせる美しい女神様が姿を現した。見間違えるはずがない。運命の女神《イラ》様だ。

久しぶりに現代での知り合いと会えて、思った以上にほっとした。そして、つい口から文句が飛び出る。

「さっきの冷たい態度はなんだったんです？」

「え？　いやー、嬉《うれ》しくって笑い出しそうだったから」

笑いこらえてただけかい！

なんか怒らせたのかなー、って心配してたのに。

「でも、俺もホッとしました。こっちには知り合いがいないから」

「……苦労、かけたわね、高月マコト……」

運命の女神様《イラ》が俺の頭をぎゅっと抱きしめた。薄い胸が顔に当たる。

ノア様やエイル様と違って柔らかくはない。

「その不敬な発言も見逃してあげるわ」

「……シツレイシマシタ」

心を読まれるのも久しぶりだなぁ。

「それにしても、俺がここにいるってよくわかりましたね」

「あんたのことはわからないわよ」

「え？」

「だって、高月マコトは聖神族の信者《わたしたち》じゃないでしょ？　だから、私にはあんたの未来は視《み》えない。けど、勇者アベルは別よ。あの子《アベル》は太陽の女神の勇者であり巫女。だから、月の国《ラフィロイグ》に来ることが私の『未来視』でわかったの。でも、本来の歴史だと勇者アベルが月の国《ラフィロイグ》の王都に来るのはもっと遅いタイミングだから、高月マコトが関わってるとあたりをつけたのよ」

なるほど……でも。

「だったら、もっと早くコンタクトしてくれても……」

つい口から文句が出てしまった。

「無茶言わないでくれる？　今の時代の運命の女神《わたし》の信者なんてほとんどいないし……。それでも、月の国《ラフィロイグ》の王都に勇者アベルが来ることがわかったから、バレないように隠れて待っていたのよ？　ここに拠点を作るのだって、命がけだったんだから……」

「それは……ありがとうございます」

俺は自分の発言を恥じた。そうか、ここは敵地のど真ん中。

そこで俺たちを待ってくれていただけでも、感謝をしないと。

「わかればいいのよ」

「とりあえず、立ち上がっていいですか？」

現在、俺は運命の女神《イラ》様に押し倒されたままだ。

こんなところをモモに見られたら、何を言われるかわからない。

「あら、そうね」

俺が言うと、今気づいたというふうにイラ様が俺から少し離れた。

改めて小柄な運命の女神《イラ》様と向き合う。話したいことは多々あるが……。

「ところで……イラ様は、千年後の時の記憶を持っているんですよね？」

「そうよ、高月マコトがノアの使徒だったこと、水の国《ローゼス》の勇者だったことを私は知っているわ」

心強い。その時、一つの疑問が浮かんだ。

「俺とイラ様の初対面っていつなんですか？　千年後に太陽の国《ハイランド》で会った前に、イラ様は俺のことを知っていたってことですかね？」

俺はハイランド城で、初めてエステルさんに降臨したイラ様と会話した時のことを思い出した。あの時は、俺と面識がある素振りはなかったけど……。

「ああ……時間の逆説《タイムパラドックス》のことを気にしているの？　違うわ、私と高月マコトの出会いは千年後のハイランド城が最初。あなたはそう理解しておきなさい。私は過去と現在の記憶を共有できるけど、未来に対しては無数にある可能性を覗《のぞ》き視ているだけ。そして、今回は過去にあなたを送り出したことで、『本来の歴史』と『改変された歴史』が混じり合っている。全ての歴史を観測できるのは、女神の中でも運命の女神《わたし》だけ。未来は無数にあって、過去は確定していない。世界の時の流れは曖昧なの」

「な、なるほど」

わからん。

「言ったでしょ？　あなたは気にしなくていいわ。それは運命の女神《わたし》の仕事だもの」

女神様の言葉に、俺は納得することにした。

そうだ、俺が気にするべきは勇者アベルと一緒に世界を救うことだけだ。

その時、運命の女神《イラ》様が何かに気付いたのか、俺の顔を訝《いぶか》しげに見つめた。

「高月マコト……、あなたのステータス表記が文字化《バグ》けってるわね」

「ステータス？」

「所々読めなくなってるの……、私が『時間転移』を使った影響かしら……」

「それ……身体《からだ》に悪影響はないんですかね？」

俺は慌てて魂書《ソウルブック》を確認した。こちらは、特におかしな表記にはなっていない。

「そうね……、強いて言えば『鑑定』スキルを使っても、正しく情報が読み取れないってくらいかしら。鑑定を使われても、鑑定妨害されたように映るだけよ」

「じゃあ、別に問題ないですね」

俺自身は、魂書《ソウルブック》で確認できるし。というか、最近は熟練度くらいしか見ていない。でも、それなら変なことがある。

「あれ……？　でも俺は白竜さんやアベルに鑑定スキルで、プライベートを暴露されたんですけど……」

「プライベート？」

「いや、あの……女性経験とかを……」

つい先日、恥をかいた話だ。

それを聞いた運命の女神様《イラ》は、ふっと鼻で笑った。

「それなら文字化けしてないから、はっきりと『０人』って表記されてるわ、童貞くん」

「いちいち具体的に言わないでもらえます!?」

「あんた千年後に恋人が沢山いたくせに、何やってたのよ？　草食男なんて地球でも流行《はや》ってなかったでしょ？」

「…………」

修行ばっかりしてて、機会を逃したんだよ。

まさか、いきなり千年前にぶっ飛ばされると思わなかったからな！

その心を読んでか、イラ様の目が少し優しくなった。

「さっきのモモちゃん？　あなたのことが好きみたいよ？」

「俺はロリコンじゃありません」

「細かいことを気にする男ね」

「年齢は重要ですよ！」

これは何の話だ？

「話を戻します。これから俺たちはどうすれば良いでしょう？」

「ええ、本題に戻るわ。あなたのおかげで勇者アベルは生きてる。これで大魔王《イヴリース》に敗北する歴史は回避できるわ。あとは仕掛けるタイミングだけど……、既にかなり歴史改変が起きちゃったから、前の歴史が当てにならないのよね……」

「そうなんですか？」

絵本『勇者アベルの伝説』を俺は取り出した。それをパラパラとめくり流し読みをする。

「えっと、やっぱり不死の王《ビフロンス》を倒すタイミングですかね？」

「そうねー、本来ならこの時点で、不死の王《ビフロンス》は倒されているはずだった」

「それは気付いてましたよ。だから、早めに倒したほうがいいかと思って……」

「それを仲間に止められたのよね？　勇者《アベル》の記憶を見たわ。でも、それは正解よ」

「そうなんですか？」

「不死の王《ビフロンス》……、本来の歴史ではどうやって倒してる？」

イラ様に聞かれ、俺は絵本を読み上げた。


——救世主アベルは、多くの勇者たちと力を合わせ不死の王《ビフロンス》を倒した。

しかし、犠牲は少なくなかった。

師であった火の勇者オルガ、土の勇者、木の勇者、鉄の勇者や森の勇敢な戦士たちが帰らぬ人となった。

魔王との死闘を生き延びた勇者アベル、白の大賢者、魔弓士ジョニィの三人は、黒騎士カインの追撃を躱《かわ》すため大迷宮《ラビュリントス》へ身を潜めることになった。

大迷宮《ラビュリントス》の奥には、伝説の聖竜が……。


「あんまり詳しく載ってないんですよね。この絵本。具体的な描写がない……」

「何言ってるのよ。違いは明確に書いてるわ」

「そうですか？」

俺は首を捻《ひね》った。大きな違いは、不死の王《ビフロンス》を倒せていない点。

代わりに土の勇者さん、木の勇者さんたちは健在だ。

だから、違いといえば不死の王《ビフロンス》を仆せていないのに、火の勇者オルガさんが亡くなっている点。ここに俺が代理として入るのだと認識している。

「いい？　本来はこの時点で、アベル以外の勇者、ジョニィ以外の大迷宮《ラビュリントス》の戦士は全滅してるはずなの。魔王カインによってね」

「え？」

「それだけじゃないわ。大迷宮《ラビュリントス》の古竜《エンシエントドラゴン》たちも、白竜を除いてカインに殺される。それが本来の歴史よ」

「…………」

俺は大迷宮《ラビュリントス》にいる勇者たちやルーシー似のエルフの女の子や、大迷宮《ラビュリントス》の古竜《エンシエントドラゴン》たちを思い浮かべた。本来の歴史なら……皆が死んでいた？

でも今の歴史では存命だ。確かに随分と歴史が変わっている。しかし。

「状況は、良くなってる、……ですよね？」

勇者は勿論《もちろん》、ジョニィさんが率いる獣人やエルフの人たちは皆、強い戦士だった。

古竜《エンシェントドラゴン》に関しては、言うまでもない。生きてるほうがいいに決まっている。

だから、現状は好転しているはずだ。しかし俺の問いに、運命の女神様《イラ》は微妙な表情になった。

……なんで、そんな顔を？

「えっとね、勇者アベル、大賢者ちゃん、ジョニィ、白竜が大魔王《イヴリース》を倒す動機、なんだけど……家族を殺された『復讐《ふくしゅう》』なの……」

「……復讐!?」

思わず大きな声が出てしまった。伝説のパーティーはそんな殺伐としてたのか。

「そうなの。育ての親である火の勇者を殺された恨み、目の前で母親を喰《く》われた恨み、自分が率いる一族を滅ぼされた恨み、家族である古竜《エンシェントドラゴン》を殺された恨み……。それが大魔王《イヴリース》を倒すことに繋《つな》がるんだけど……」

ちらりと運命の女神様《イラ》は俺の方を見た。

「まさか……助けちゃったの……まずかったですか？」

「違うわよ！　私だって皆が生きてるほうが良いもの！……でもね、さっきあの子たちに触れた時に、記憶を確認してみたんだけど……」

「だけど？」

「本来の歴史の時より、みんな気が抜けてるなぁって……気概に欠けるというか……」

「……それ、大丈夫なんですかね？」

急に不安になった。

「だ、大丈夫よ！　私に考えがあるから、任せておきなさい！」

と胸を張るイラ様。不安が増した……。

「何でよ！」

「前に色々やらかしてるじゃないですか……」

「うぐ、……もう失敗しないから！」

「この時代には神王様の隠し子とかいないんですか？」

味方になってくれるならいっそ、太陽の勇者《あいつ》の手でも借りたくなってきたぞ。

「一応、探したけどね……この時代には隠し子はいなかったわ」

一応、探したらしい。いなかったのか。残念だ。

「結局、個別の話って歴史が変わってるってことを伝えたかったんですか？」

「そうね、それはあるわ。歴史の変化については、あなた以外の人に聞かれるわけにはいかないし」

ま、そりゃそうか。

「ところで、俺が千年後から来たことは仲間の三人に言わないほうがいいですかね？　今の所は秘密にしてますけど」

「そうね……。千年後から来たことは言ってもいいと思うんだけど……魔王カインと同じ神を信仰していることは、勇者アベルには秘密にしておきなさい。アベルは育ての親を殺されたことを、相当恨んでいるみたいだから」

「……黙っておきますね」

今の所、勇者アベルとの関係性は良好だ。わざわざヒビを入れる必要はないだろう。

「ま、そうは言ってもよ。あなたを褒めたかったの、高月《たかつき》マコトよく、やったわね」

そう微笑《ほほえ》む彼女は、まるで女神様のようで……女神様だった。

「引き続き、頑張りますね」

「あまり根を詰めるんじゃないわよ、仲間にも心配されてるじゃない。ところで、あなた何か欲しいものはないかしら？」

「欲しいもの？」

「そ。今の私は力が弱いからそんなに大したことはできないけど……あなたには無理をさせているもの。私ができることなら何でも叶《かな》えてあげるわ」

「………何でも？」

今、何でもって言いました？　言いましたね？

「い、いや……私、女神の末っ子だから、力も弱いからね？　あんまり大それた願いはちょっと……」

俺の心を読んでか、イラ様が後退《あとずさ》りした。どうやら極端に無茶なお願いはＮＧらしい。

なら……どうする？

　俺は、口元に手を当てしばし考えた。そして思いついた。

「ノア様に……会えませんか？」

　思わず俺の口からでたのは、そんな言葉だった。

　千年前に来て以来、ずっと感じる孤独感。ノア様とひと目でも会えれば……。

「やっぱり、そうよね……」

　運命《イ》の女神《ラ》様が同情するような視線を向けた。

　このお願いが難しいものかどうか、俺には判断がつかなかった。

　水《エ》の女神《イル》様の様子を見る限りだと、簡単にノア様の所に出入りができるみたいだけど。

「……高月マコト。あなたの願いだけど」

　腕組みをして、運命《イ》の女神《ラ》様は難しい表情をしている。どうなる……？

　俺は心臓の音が高鳴るのを感じながら、運命《イ》の女神《ラ》様の返事を待った。

「……怖いのよね～……この時代のノアは」

「え？」

　予想外の返事が返ってきた。あの優しいノア様が、怖い？

「いや、優しいのは信者のあんたにだけだから……。特に千年後のノアは信じられないくらい丸くなってるし、エイル姉様は気軽に遊びに行ってるけど……。私は用事がなければ海底神殿なんて絶対に行かないし……。この前は、嫌々行ったけど……」

「そういえば、運命の女神《イラ》様ってノア様と仲が悪いんでしたっけ？」

エイル様から聞いた記憶がある。それを言うと、イラ様が微妙な表情をした。

「面と向かって言ってくれるわね……。そーよ、私は聖神族《オリュンポス》の末っ子で、みんなに可愛《かわい》がられてるのにノアが居るとみんなそっちに行っちゃうし……。あんな外面だけが良くて性格が最悪の女神の癖に……」

「あの～……イラ様？」

ぶつぶつと黒い発言をしている女神様を制止する。

「……独り言よ、忘れなさい」

「はぁ……」

「まぁ仲が悪いっていっても、私とノアじゃ神格が全然違うから。ノアはアルテナお姉さまと同格だから私じゃ相手にならないわよ」

「はぁ……な、なるほど？」

ピンとこないが、ノア様のほうが偉い、ということだろうか？

「そーゆーこと。この時代のノアは悪神族側についてるから、私がうかつにコンタクトすると、下手したら魔王カインを差し向けられてこっちが全滅しちゃうかもしれないし」

「……それは勘弁願いたいですね」

「ノアと話したいなら、使徒である魔王カインを仲間に引き入れたほうがいいと思うけど……、勇者アベルが許さないでしょうね……」

「困りましたね……」

やっぱりノア様とは、簡単に連絡とれないかぁ……。いっそ直接海底神殿に出向くしかないのかなぁ。俺がしょんぼりと肩を落としたその時。

――運命の女神様《イラ》が俺に近づき、優しく頬を撫《な》でた。

「高月マコト……もしあなたが望むなら『運命の女神の勇者』の称号を授けましょうか？それだけじゃなくて、運命の女神《わたし》の使徒として全霊で愛《め》でてあげる」

「い、イラ様……？」

さっきまでと違うその声色に戸惑い、俺は後ろに下がろうとした。が、女神の手が俺の腰に巻き付き、引き寄せられた。耳元に温かい息が当たる。

「この時代は寂しいでしょ？　あなたのことを理解できるのは運命の女神《わたし》だけよ？」

「それは……」

そうかもしれない。俺はこの時代では異物だ。

千年後の平和な世界からやってきた異端者《イレギュラー》。まず価値観が異なる。

大魔王《イヴリース》を倒そうと言っても、ほとんどの人は本気に受け取ってくれない。

だからいつも、孤立感を覚えていた。

「たった一人であなたはよくやってるわ。でも、そろそろ限界じゃない？　誰かに頼ったほうが良いと思わない？」

「………それは」

これまでは、ノア様がいて、ルーシーがいて、さーさんがいた。助けてくれる仲間が、支えてくれる友人がいた。千年前《いま》は、……少し寂しい。

「ねぇ、高月マコト……、ノアから運命の女神《わたし》に乗り換えない？」

イラ様が耳元で囁《ささや》く。その言葉は甘い蜜のようで……。

「だ、駄目です！　我が王！！！」

焦った声が響いた。突然の乱入者は、水の大精霊《ディーア》だった。

「あら、水の大精霊《ウンディーネ》。いたのね」

「は、離れなさい、女神！　わ、我が王……まさか、私たちを見捨てたりは……」

「しないって。イラ様は、俺をからかっているだけだよ」

俺がそういうと、イラ様は腰に回している手を解《ほど》き、俺から一歩離れた。

「全く私がここまで誘惑してあげているのに少しは動揺しなさいよ」

「生憎《あいにく》、ノア様一筋なので」

「つれないわね」

やはりイラ様の態度は、ジョークだったらしい。それにしても、いつもは尊大な水の大精霊《ディーア》が運命の女神《イラ》様の前ではおとなしい。俺の心の内を読んだのか、イラ様が口を開いた。

「かつての神界戦争《ティタノマキア》の時の記憶でしょ。精霊は聖神族が苦手なの」

「へぇ〜」

「こ、怖くなんてないから！　我が王、こんな女神の甘言に耳を貸してはいけませんよ！」

そう言って水の大精霊《ディーア》は姿を消した。本当に運命の女神《イラ》様が苦手らしい。

「あまり水の大精霊《ディーア》をイジメないでくださいね」

「わかってるわ。まあ、運命の女神に改宗してくれればてっとり早かったのだけど、代わりにこれを身につけておきなさい」

そう言って手渡されたのは、銀細工のネックレスだった。よく見ると飾りは時計のような……てか、時計じゃん。

「これは、何ですか？　もしや、身につけることで時間が止められたり……」

「残念ながらそんなこと無理ね。そのネックレスは運命の女神《わたし》との通信機よ」

「通信機……？」

異世界らしからぬ、その言葉に一瞬首をかしげた。通信機……か。つまり。

「これがあれば、いつでもイラ様と会話できると？」

「そうよ。私は一緒についていけないから。困ったことがあれば、これを通して私に相談しなさい」

「おお！」

それは心強い。なんせ、未来が見通せる運命の女神《イラ》様のサポートだ。

「これからよろしくおねがいしますね」

「ええ、よろしくね。高月マコト。そろそろあなたの仲間の所に戻りましょうか」

「わかりました」

俺とイラ様は連れ立って、大賢者様が居る礼拝堂へと戻った。


「マコト様～！　見てください」

「……モモ？」

パタパタと走ってくるモモは、ごついローブにジャラジャラと魔道具を身に着けていた。

「それ、動きづらくないか？」

「そうですかね……？」

「でも似合ってるよ」

しょぼんとするモモが可愛かったので、頭をくしゃくしゃしておいた。

「マコトさん、話は終わりましたか？」

「長かったな、精霊使いくん」

勇者アベルと白竜さんもやってきた。

こちらは、ほどほどに装備を整えている。

「話し終わりました。アベルさんは、いい聖剣は見つかりました？」

そもそもの目的である武器の調達状況について尋ねた。

「それは……」

が、勇者アベルは言葉を濁した。あれ？　イラ様が用意した中に魔法の武器も色々あったようだけど。

「精霊使いくん、ここにある魔法武器は逸品揃《ぞろ》いだったが、聖剣はなかった」

「こちらのミスリル製の魔法剣をいただきました。今、僕が持っている武器よりはずっと良いものですが、白竜様曰《いわ》く聖剣ではないそうです」

「そう、ですか」

勇者アベルの持つ剣を眺めた。俺からすれば、相当強力な魔法剣に見えるが……、聖剣ではないのか……。困ったな。が、今の俺たちには心強い助言者がいる。

「どうしましょう？」

「ふっ、任せなさい」

巫女《みこ》エステル――に降臨した運命の女神《イラ》様が、得意げに胸を張った。

「霊峰アスクレウスを目指しなさい。暗闇の雲よりも高いアスクレウスの山頂、そこには天に最も近い太陽の神殿があります。その場所で、太陽の女神《アルテナ》お姉さ……アルテナ様の声を聞くのです。そうすれば、魔王を倒す力が得られるでしょう」

荘厳に告げた。勇者アベル、白竜さん、大賢者様は真剣に聞いている。が、俺は少々心配になった。いまお姉様って言いそうになってませんでした？

（……イラ様、素が出てますよ）

俺が半眼でイラ様の目を見た。

（スルーしなさいよ）

と言いたげな目で、睨《にら》まれた。大丈夫だろうか？

この天然女神様の言葉を信じて。俺は小さく嘆息した。

まあ、それでも。……たった一人で千年前に放り出された時よりずっと気が楽になった。

どうやら、次の目的地が決まったようだ。

七章　高月マコトは、厄災の魔女と出会う

──霊峰アスクレウス。


その山頂に位置する『太陽の神殿』。

太陽《ハイランド》の国にある女神信仰の聖地のひとつとして有名な場所だ。

初代教皇である聖女アンナが、世界が平和となったのちに、その平和が千年続くよう女神様へ祈ったと言われる場所。


確かノエル王女もその場所で修練をつみ聖女に成ったとか、なんとか。

（……でも、本来の歴史だとこのタイミングで行く場所ではないはずだ）

絵本『勇者アベルの伝説』には書いていないし、昔水の神殿で聞いた話とも違う。

つまりこれは、運命の女神《イラ》様のオリジナルストーリーだ。……大丈夫か？

少し不安になったが、仲間たちのほうを見ると。

「わかりました、運命の巫女《エステル》様！」

「それが運命の女神《イラ》様のお導きならば……」

「霊峰……すごそうな場所ですね、マコト様！」

三人とも目を輝かせている。皆のやる気が出たなら、いっか。

「そこで少なくとも一年間、個々の力を高めなさい。特に勇者くんと賢者ちゃんはもっと強くなる必要があるわ」

「一年間!?」

そんなに！　俺の驚きの声に、運命《イ》の女神様《ラ》がこちらを向いた。

「あんたは慌て過ぎなのよ。そこのモモちゃんなんて、賢者になったばかりよ？　ちゃんと育成しなさい」

「……わかりました」

運命《イ》の女神様《ラ》に指摘され納得した。

確かにモモは、修行が足りない。もっと学ぶべきことは多いだろう。

「モモ、俺と一緒にしばらく魔法を鍛えるか？」

「わかりました！」

モモは異論ないようだ。

「アベルさん、白竜さん。予定が変わっちゃいましたけど、いいですか？」

「僕はマコトさんの言う通りにします」

「一年など、待つほどの時間とも呼べぬ」

二人共問題ないようだ。あとは、……ジョニィさんに予定が延びたことを連絡しないと。

さて、今後の予定がきまったところで、さっきから気になっている件を……。

「俺もここにある魔道具と魔法武器を見てもいいですか？」

「ええ、好きなのを持っていきなさい」

よっし！　選ぶぞー!!　魔道具は、まだまだ大量に並んでいる。俺が目を輝かせて物色していると、運命の女神の巫女――に降臨したイラ様が近づいてきた。

「これはどう？　蒼羽《あおばね》のマントよ」

「マントですか……、動きづらくなりそうなんで要らないかなぁ……」

「まぁ、そう言わずに着けてみなさいよ？」

イラ様が俺の身体《からだ》に手を回し、さっとマントを羽織らせた。重さをまったく感じない？

それどころか、俺自身の身体まで軽くなった気がした。

「こ、これは……？」

「重力魔法がかかっているの。ある程度なら空が飛べて、矢とか遠距離魔法を逸《そ》らしてくれる加護もかかっているわ。あと身体が軽くなって長旅の疲労を軽減してくれる、良いでしょ？」

「それは凄《すご》いですね！」

お得だ。確かにここにある魔道具は運命の女神様《イラ》が集めたわけで。

だったら、色々教えてもらおう。

「他にお勧めはありますか？」

「んー、このイヤリングなんてどう？　似合うんじゃない？」

「ちょっと女子っぽくないですか？　可愛《かわい》いですけど」

「でしょ？　これ私がデザインしたの。魔力《マナ》の軽減効果があってね」

「へぇ～」

「ほら、つけてあげる」

「自分でできますよ」

そんな会話をしていると、ふと視線を感じた。

「あの……、巫女様とマコト様の距離が近くないですか？」

「精霊使いくん、巫女様とは知り合いなのか？」

俺とイラ様の会話を聞いて、モモが不審な目を向けて、白竜さんが興味深そうに尋ねた。

「ち、違うわ！」

「初対面ですよ！」

俺と運命の女神《イラ》様は慌てて、首を横に振る。

「本当ですか？……マコトさん」

アンナさんにまで、疑いの目を向けられた。

やや気まずい空気の中、俺は運命の女神《イラ》様に勧められた魔道具を幾つか選んだ。

「では、お世話になりました」

「ありがとうございました！」

「運命の巫女《エステル》様、ありがとうございました」

「運命の女神《イラ》様によろしくお伝えください、巫女様」

　俺たちはイラ様の隠れ家を後にした。

　見送るイラ様から「最後に一つ言っておくわ」と言葉をかけられた。

「月の国《ラフィロイグ》の王都で、毎朝開かれる月の女王の集会だけど……、そこに行くとあなたたちは『魅了』されるわ。参加しちゃ駄目よ？」

　運命の女神《イラ》様が真剣な目をして言った。その言葉を聞いて、俺たちは顔を見合わせた。

「マコトさん、それって確か……」

「宿の主人から、朝に王城前に集まるように言われた件ですね」

　昼頃にした会話を思い出した。王都では毎朝、女王様の演説があるとか。

「ふーむ、そうやって民を『魅了』していたわけか……」

「え？　み、魅了って一体何の話ですか!?　白竜師匠！」

「マコトさん、どういうこと……ですか？」

　感心したようにつぶやく白竜さんに、事情がわかっていないモモと勇者アベルが不安そうな顔になった。俺と白竜さんは、王都の民が魅了されていることを説明した。

「……なぜ、そんなことを？」

「気づきませんでした……」

二人が青い顔をしている。

「それと、王都に新しく入ってきた人間は全て女王が把握しているから集会に不参加なら、密告されるわ。あまり長居をせずに早めに、ここを離れなさい。私たちもタイミングを見て、脱出するつもりだから」

「……俺たちのことはバレているってことですか？」

少し背筋が寒くなった。

「あなたたちが何者なのかまでは、バレていないと思うけど……、少なくとも魅了にかかっていないことは把握されているわ。ここの住民は、みんな愛想がいいでしょ？　友好的に話しかけてきてよそ者のあなたたちは探られているから」

「「「…………」」」

みんな無言になった。想像以上の監視社会だった。

俺たちは運命の女神様《イラ》にお礼を言って、その場所を離れ自分たちの宿に向かった。

イラ様の隠れ家を出た時には、時刻が深夜になっていた。

街の明かりもほとんど消えていて、人通りは少ない。しかし、どこからか見られているような気配を感じた。

宿に戻ると、まだ明かりがついていた。

「やぁ、おかえり。遅かったね」

主人が笑顔で迎えてくれた。

「ええ、すいません。遅くなって」

「いやいや、初めて王都コルネットに来たんだ。はしゃいでしまうのも無理はないよ。ただ……こんな時間までやっているお店はないはずだけど、どこにいたんだい？」

ニコニコと主人に質問された。

「……えっと」

さっきのイラ様との会話が脳裏によぎった。うかつなことは言えない。その時、白竜さんがさっと会話に入ってくれた。

「この子が、疲れて眠ってしまってね。休ませていたんだ」

「あ……、はい。寝ちゃいましたぁ」

大賢者様《モモ》が子供っぽい口調で、相槌《あいづち》を打った。

「なるほど、今日はお疲れでしょう。ゆっくりお休みください。ただ……明日の朝に女王様の演説がございますから、その時間に呼びにうかがいますね」

「わ、わかりました」

ずっと笑顔の主人に、俺はぎこちない笑顔で答えた。後ろに主人の視線を感じながら、俺たちは部屋に向かった。宿の二階にある自分たちの部屋に着いた時、大きく息を吐いた。

「明日の朝までにここを出よう」

俺は皆に告げた。イラ様の言葉を聞いた後だと、主人の丁寧な接客が恐ろしい。

「そうだな、集会に出てしまうのは良くない。巫女《みこ》様の言う通りにしよう」

俺の言葉に、白竜さんが頷《うなず》いた。

「……なぜ、こんなことをするのでしょう？　民衆を統率するためとはいえ魅了するのはやり過ぎではないでしょうか？」

アベルが疑問を口にした。

「まあ、それで街の平和が保たれるなら……そこまでする必要は私も感じぬが」

白竜さんの口調も重い。

「……怖いです」

「大丈夫だよ」

怖がっているモモの頭を優しく撫《な》でた。

「でも、どうやって街からでるんですか？」

みんなで荷物をまとめている時、アベルが質問した。

「今の時間は、宿の主人が起きていたので夜が明ける前にこっそり抜け出そう。門から出るのは危険だと思うので、メルさんは俺たちを背中に乗せて飛んでいけませんか？」

「うむ、それなら昼間に行った大通りの途中にあった広場がいいだろう。あそこなら竜の姿に戻っても、問題あるまい」

それは俺と白竜さんが、ベンチに座って串焼きを食べた場所だ。

確かにあそこなら広さ的にも十分だろう。方針は決まった。

俺たちは順番で仮眠を取り、夜明け前に宿をこっそり出た。

宿代は前払いしている。主人の姿はなかった。ゆっくりと暗い街中を歩く。

夜明けにはまだ少し時間があるはずだ。人影はない。

ほどなくして、広場に到着した。よし、ではここでメルさんに竜の姿に戻ってもらい王都から脱出しよう。その時だった。


「あら、旅の方々。もう去ってしまわれるのですか？」


美しく透き通った声が響く。

その美声を聞くだけで、心を揺さぶられるような気がした。何かを考えるより早く、俺はその声のした方へ振り向いた。そこには一人の女性が立っていた。

長く艶やかな黒髪に、深紫の瞳。黒いドレスに身を包んだ、この世のものとは思えないほどの美貌。その姿は、一瞬知り合いの月の巫女の姿を思い起こさせた。

そして、彼女の後ろに控える数名の黒い鎧《よろい》の騎士たち。

この女性が、高い地位の人物であることがわかる。もっとも、それ以前に俺はその女性が誰であるかはすぐに見当がついた。

「どちら様でしょうか？」

他の三人のために、俺はあえて尋ねた。

答えてもらえないことも予想したが、女性はあっさりと口を開いた。

「月の国《ラフイロイグ》を治めているネヴィアと申します。どうぞお見知りおきを」

優雅に微笑《ほほえ》み、彼女は名乗った。

月の国《ラフイロイグ》の女王ネヴィア——別名『厄災の魔女』。

西の大陸の歴史において、人類の裏切り者と呼ばれている人物。

そして、千年前の時代における月の巫女である。

「囲まれているぞ、精霊使いくん」

「そのようですね」

俺たちがいる広場の周りの建物の陰から、漆黒の鎧を身に着けた騎士たちがぞろぞろと姿を現した。黒い鎧を身に着けているのは、月の国《ラフイロイグ》の神殿騎士《テンプルナイト》……であるはずだ。

一体なぜ、待ち構えていたかのように、取り囲まれたのか？

宿の主人が俺たちが出ていくのを見ていて密告したのかもしれない。

今更気にしても、過ぎたことではあるが。

ふと、イラ様との密談もバレていたのではないかと心配になった。俺は首から掛けてあるネックレスの銀細工を軽く握った。

（イラ様～、もしもし、聞こえますか？）

（……………どうしたのよ、高月《たかつき》マコト。こんな時間に？　王都からは抜け出したの？）

眠そうな声が聞こえてきた。寝てた？　のん気な女神様《ひと》だが、無事でよかった。

（今、月の女王の配下の騎士に包囲されています）

（なっ!?　それは大丈夫なの!?　どうするのよ！）

（こっちでなんとかしますね。イラ様もお気をつけて）

（ちょ、ちょっと、待ちなさい！　ほんとだいじょ……）

俺は念話を打ち切った。

「それで、あなたたちの名前を教えてもらえないかしら？」

そう言って女王ネヴィアの瞳が金色に輝いた。マズイ！

「モモ、見るな！　メルさん！」

「わかっている！」

俺は慌ててモモの目を塞ぎ、白竜さんは勇者アベルの目を手で覆った。

「メルさんは、平気ですか？」

「いや……私ですらあの女の瞳力に抵抗するのがやっとだ……まさか人族の魅了がこれほどとは……」

白竜さんの顔には、汗がびっしりと浮かんでいる。

「精霊使いくん、君こそこの魅了は人族が抗《あらが》えるレベルでは……」

「俺に魅了の呪いは、完全に無効なので大丈夫です」

「……相変わらず君には謎が多いな」

白竜さんに苦笑いされた。

「わたくしの魅了の魔眼が効かない……？」

月の女王は驚いたように目を丸くした。その瞳は煌々《こうこう》と黄金の光を放っている。

「女王様、実は急ぎの用事がありまして。このような時間に街を去ることをお許しください」

黙って逃してくれるとは思えないが、ダメ元で俺は言ってみた。

「わたくしの目をずっと見ていてその反応……。あなたにとても興味があります。ゆっくりお話がしたいですね。お茶とお菓子を用意しますよ」

その言葉と同時に、黒騎士たちが一気にこちらへ走ってきた。

「メルさん！　逃げましょう！」

「わかった！　精霊使いくん！　十秒稼げ！」

「了解です」

俺と白竜さんは短いやり取りを交わす。

――時魔法・精神加速《マインドアクセル》。

俺は思考を加速化する。

「えっ、えっ？」

「あの!?　何が？」

「二人とも、大人しくしてて」

目を塞がれたままのモモと勇者アベルさんは混乱している。が、説明している暇はない。

「水の大精霊《ディーア》！」

「はい、我が王！」

水の大精霊《ディーア》を呼び出す間にも、黒騎士たちが迫ってくる。

「水魔法・霧」

俺が叫ぶと、五十センチ先すら見通せないほどの濃霧に包まれる。『暗視』スキルで、黒騎士たちが戸惑い、立ち止まるのがわかった。

――これで三秒。

「××××××××（消し去れ、風の精霊）」

精霊語が聞こえたかと思うと、一瞬で俺の作った霧が吹き飛んだ。

それを唱えたのは、黒騎士たちの中でもひときわ目立つ神々しい黒い鎧。

（げえっ！　魔王カインだ！）

ノア様の使徒が、交じっている。とんでもないやつがいた。

「水魔法・豪雨《スコール》」

次に俺が唱えた魔法によって、バケツを引っくり返したような大雨が降り注いだ。

黒騎士たちは戸惑っているが、魔王カインはこちらに突っ込んできている。

ふと見ると、月の女王は落ち着いた目でこちらを見つめていた。

女王の身体《からだ》の周りは淡く光っており、雨は当たっていない。結界魔法だろう。

——これで六秒。

「死ね！　邪教徒！」

「ちょっと、殺しちゃ駄目ですよ、カインさん。話ができないじゃないですか」

「む」

魔王カインが剣を振りかぶった時、月の女王が止めた。

お、ラッキー。水の大精霊《ディーア》に防いでもらう手間が省けた。

「水魔法・嵐《ストーム》」

三つ目の魔法で雷鳴が轟《とどろ》き、王都の外に数十の雷が落ちた。月の女王の顔色が変わった。

「いけません、民家に被害が出ていないか確認を！」

女王が命令を出している。カインの動きも止まった。

――これで十秒。

「逃げるぞ！」

白竜さんが竜形態に戻っている。

モモとアベルは、目をつぶったまま白竜さんの背中にしがみついた。やべ、俺が出遅れ
……ると思ったのか、白竜さんが俺だけ手で摑《つか》んだ。助かった、白竜さん！

「ちっ！」

魔王カインが、再びこちらに斬りかかる。

「ディーア！　頼む」

「はーい」

ゆるい返事と共に水の大精霊《ディーア》が、魔王カインの前に数十枚の氷の結界を展開した。

勿論《もちろん》、カインの持つ神器に切り裂かれるが、時間稼ぎには十分だ。

「ネヴィア女王陛下、雷は全て街の外に落としましたよ！」

白竜さんが空に飛び上がる直前に、俺は叫んだ。

「……」

一瞬だけ、月の女王の「やってくれましたね」という表情が見えた気がした。

あっという間に上空へ飛び上がり、街は小さくなった。

そのまま凄《すご》いスピードで、白竜さんは月の国《ラフィロイグ》の王都を離れた。


「逃げ切ったか……追手はいないようだ」

白竜さんが、ため息を吐《つ》いた。俺も白竜さんの背中に移動している。

「どういうことでしょうか……月の女王と一緒にいたのは、魔王カインですよね？」

モモが不安そうに言った。目をつぶっていたが、月の女王がカインと呼びかけていたからわかったのだろう。

「なぜ……、月の国《ラフィロイグ》の女王と魔王が一緒に……そんな……あり得ない……」

勇者アベルに至っては、声が震えている。

それは不安や恐怖というより、怒りが含まれているような声だった。

俺も驚いた。魔王カインは月の国《ラフィロイグ》を拠点にしているのだろうか？

もう近づかないほうがいいな。

（イラ様、脱出しましたよ～。そちらは無事ですか？）

（ええ、平気よ。まったくハラハラさせないでよね）

（さっき魔王カインと会いました。魔王が月の国《ラフィロイグ》にいるって知ってました？）

（へっ!?　う、嘘《うそ》でしょ？）

イラ様も魔王カインの存在には気付いてなかったらしい。まぁ、知ってりゃ教えてくれるわな。魔王カインは、俺と同じく敬虔《けいけん》なノア様の信者なのでイラ様の『未来視』から逃れているんだろう。

（……私もすぐ王都を離れるわ）

（そうしてください）

運命の巫女《エステル》様が殺されては洒落《しゃれ》にならない。その後、丸一日かけて白竜さんの背中で空の旅は続いた。月の国《ラフィロイグ》を抜け、西の大陸の端にある巨大な山脈が見えてくる。

その山脈の中央にあるのが、霊峰アスクレウスだ。

太陽の神殿には、結界魔法により目には見えない術が施されているらしい。だが、俺たちはイラ様に場所の見つけ方を教わっている。

「七つの峰が並ぶ場所。それを特定の順番で回ったときのみ、神殿へたどり着くことができる……厄介な結界だが、それ故に安全だな」

白竜さんのつぶやきが聞こえた。その言葉通り、白竜さんが複雑な動きで飛んだあとにぱっと景色が変わった。山頂に、オアシスのように泉が広がり、緑が茂っている。

そして、神殿がひっそりと立っていた。

俺たちは隠された聖地――『太陽の神殿』に到着した。

八章　高月マコトは、魔王と語る

——太陽の神殿に来て三日目。

ここには泉があるので、水に困らない。水辺の周りに様々な果物や野菜が生《な》っている。

ついでに小麦まで実っていた。

どうやら魔法によって育っているらしい。魔物が居ないため実に平和だ。

「ここは楽園ですか……？」

勇者アベル……ではなく、女性姿の聖女アンナが呟《つぶや》いた。最近は女性の姿が多い。

「至れりつくせりですね」

俺は湧き水から汲《く》んできた水をちびりと飲んだ。美味《おい》しい。山頂から水って湧くんだっけ？……異世界だからかな？　深く考えるのはよそう。

俺たちは白竜《メル》さんが土魔法で作った石のテーブルと椅子で食事をしている。

食卓には、パンと果物と肉料理が並んでいる。

パンは白竜《メル》さんが『調理魔法』とかいうので、小麦をパンに変えた。

流石《さすが》はメルさん、何でもできる。肉は下山した白竜さんが狩ってきた獣の肉だ。それをモモとアンナさんが調理してくれた。

俺は……果物の皮を神器《ナイフ》で剝《む》いた。

「あの……マコト様」

「ああ、いつものか」

大賢者様《モモ》がもじもじしているので、俺はさっと右手を差し出した。

そこにモモが、かぷりと噛《か》み付く。

「はぁ……、やっぱりマコト様の血は甘いです……」

「甘い……本当か？」

試しにモモに噛まれた傷口をぺろりと舐《な》めたら、しょっぱかった。

というか、当たり前だけど血の味しかしない。吸血鬼《ヴァンパイア》の味覚はわからん。

「あ、あの……マコト様、それは私が口をっ!?」

モモが赤くなった。

「ん？」

そういえば、さっきまでモモが噛んでいた場所か。これは、間接キス……なのか？

「マコトさん……破廉恥です」

アンナさんが、こっちを軽く睨《にら》んでいる。

いや、睨まれてもな……。自分の傷を舐めただけだし。

「で、これからどうするのだ？　精霊使いくん」

白竜さんに今後の予定を聞かれた。

「そうですね。モモは、メルさんが考えた修行メニューをこなすこと。アンナさんは、太陽の女神様《アルテナ》と話してください。あとここは雲の上ですから、太陽が出ています。光の勇者スキルが修行できますね」

「おかげで私は昼間の光が辛《つら》いです……」

モモが悲しそうに呟いた。俺たちがいるのは神殿の屋根で陰になっている場所だ。直射日光が当たると、吸血鬼《ヴァンパイア》のモモが倒れてしまう。俺はモモの頭を撫《な》でた。吸血鬼《ヴァンパイア》には辛い環境かもしれないが、安全なのは間違いない。我慢してもらおう。

「……僕は毎日お祈りをしていますが太陽の女神様《アルテナ》の声が聞こえません……」

アンナさんの声に元気がない。

うーむ、この時代のアルテナ様は信仰心が集まらず地上への干渉力が相当弱まっていると聞いたけど……、巫女にすら話しかけられないとは。

「俺はこれから大迷宮《ラビユリントス》に向かいます。ジョニィさんに、今後の予定を説明しないといけないので。あと、運命の巫女《エステル》さんから貰《もら》った武器も渡しにいきます。メルさん、移動をお願いしていいですか？」

イラ様から、大迷宮《ラビユリントス》の人たち用の武器も貰っておいたのだ。

「竜使いの荒いやつめ。だが、迷宮《ダンジョン》に残してきた家族は気になる。いいだろう」

メルさんは、大迷宮《ラビュリントス》への移動を快諾してくれた。

「マコトさん……気をつけてくださいね」

「師匠、寂しいです」

「数日で戻るから」

俺はアンナさんと大賢者様へ、安心してもらえるよう笑いかけた。

そして白竜さんの背に乗って大迷宮《ラビュリントス》を目指す。旅は順調だ。二日ほどで大迷宮《ラビュリントス》に到着した。

途中、魔物の群れに何度か絡まれたので神器を使って、水の女神《エイル》様に『生贄術《いけにえ》』で捧《ささ》げておいた。失った寿命を回収♪　回収♪

千年前の魔物は強いから、簡単に寿命が百年近く溜《た》まってお得だ。

「…………」

鼻歌交じりに魂書《ソウルブック》を眺めている俺を、白竜さんがドン引きした目で見ていた。

「メルさん？　何か？」

「…………生贄術を楽しそうに使う精霊使いくんが恐ろしいだけだ」

「……そうなんですか？」

白竜さんに怖がられたので、やり過ぎに気をつけよう……。

大迷宮《ラビュリントス》に到着後は、中層まで空間転移《テレポート》で移動した。

そこには驚愕《きょうがく》の景色が広がっていた。

「こ、これは……」

「ほう、なかなか良い街ではないか」

大迷宮《ラビュリントス》の中層に立派な街が出来上がっていた。

規模は大きくないが、以前のように洞穴に隠れるような家でなく、中層の地底湖のほとりまで建物がひろがっている。魔物に襲われたりはしないのだろうか？

「大母竜様！　戻られたのですね！」

赤毛の青年が白竜さんのほうへ走ってきた。そして、俺の姿を見て後ずさった。

「お、おまえはっ！」

「…………誰？」

俺を知っているようだが、こっちは見覚えがない。

「精霊使いくんに最初に氷漬けにされた赤竜だ。忘れたのか？」

「あー、お久しぶりです」

「くっ！　いつかお前を倒すからな！　でも、今じゃないぞ！　今は無理だからな！」

「……はぁ」

彼はどんどん後ろに下がっていった。怯《おび》えられてしまったらしい。

申し訳ないので、俺は一人でジョニィさんの所に向かうことにした。

中層の街には、古竜《エンシェントドラゴン》が常駐してくれているおかげで魔物は寄り付かないようだ。

ジョニィさんの居場所を聞こうとキョロキョロしていると、「あっ！」という女性の声が聞こえた。そして、ぱたぱたとこちらに駆け寄ってくる足音。

「マコトくん！　あれ？　モモちゃんとアベルは？　ま、まさか……」

「二人は安全なところで修行中ですよ、木の勇者《ジュリエッタ》さん。ところでジョニィさんは居ます？」

「うーん、食料を取りに狩りに出かけてるけどすぐ戻ると思うわ」

「そうですか」

どうやら留守らしい。ジョニィさんを待つ間、土の勇者《ヴォルフ》さんや鉄の勇者さんにも挨拶をしつつ、これまでの話を共有した。

「月の国《ラフィロイグ》に魔王カインが居る、だと……!?」

「民が魅了されてるですって……」

内容については、ショックを受けているようだった。

しばらくしてジョニィさんが戻ってきたので、挨拶をすると俺と白竜さんの帰還祝いだと言って、宴《うたげ》になった。

「なぜ宴を？」

木の勇者《ジュリエッタ》さんに耳打ちすると。

「だって月の国《ラフィロイグ》に行って戻ってきたのは、マコトくんが初だもの」

あー、そういえばそんなことも……。白竜さんに乗せてもらった楽な旅だったので、実感がなかった。俺は宴の主宰の、ジョニィさんの近くに座った。

そして、これからの計画について説明した。

「……というわけで、運命の女神様《イラ》の助言で魔王と戦うには一年ほど修行したほうが良いそうです。申し訳ないのですが、しばらく待っていただけますか？」

俺がジョニィさんに言うと、赤銅色の髪を無造作に後ろで束ねた美形のエルフは、眉間に皺《しわ》を寄せた。あ、あれ……？　不機嫌になった？

「聖剣の手がかりを探しに月の国《ラフィロイグ》へ行ったはずが、運命の女神の巫女《みこ》と出会い、魔王カインと再戦してきた……だと？　そして、霊峰アスクレウスに隠された太陽の神殿で修行をしている……と。どうなっているんだ、マコト殿は」

「は、はぁ……」

怒っているわけではなさそうだ。よし、じゃあこれを渡してしまおう。

「運命の女神様《イラ》がジョニィさんにはこの武器がぴったりだろうと。是非使ってください」

俺は、一本の刀と弓をジョニィさんに渡した。

「これは……？」

「月の国《ラフィロイグ》で出会った運命の巫女《エステル》様の隠れ家で、貰いました。なんでもなかなか手に入らない武器だそうで」

もっとも俺には違いはよくわからない。魔法武器であることがわかるくらいだ。ジョニィさんは、受け取った武器をまじまじと見ている。

「製法がこの大陸のものとは違う……他大陸のものだな」

「はい、東の大陸から流れてきたものらしいです」

ジョニィさんほどの達人ともなると、見れば違いがわかるようだ。

「……複製品《レプリカ》ではなく、職人が作った原物《オリジナル》だ。懐かしいな……」

「ジョニィさんは、東の大陸の出身なんですか？」

伝説の魔弓士ジョニィ・ウォーカーの出自の記録は残っていない。わかっているのは、勇者アベルや大賢者様より年上であったということくらいだ。

「俺はこの大陸から出たことはない。いつか他の大陸を巡ってみたいと思っているが……。その話は、今度にしよう。マコト殿の話はわかった。魔王を倒すために時間がかかるということであれば、別に構わん。ゆっくり待とう」

「では、準備ができたら呼びに来ますね」

「うむ」

話はついた。それから、月の国《ラフイロイグ》のことについて色々と質問攻めにあった。

大迷宮《ラビュリントス》の最奥から、白竜さんの家族も顔を出して宴は盛り上がった。

もっとも中層の魔物は、一匹残らず逃げ出してしまったわけだが……。

◇翌日◇

「じゃあ、帰りますか。白竜さん」

「うむ、アベルやちびっ子《モモ》が待っている」

俺は白竜さんの背中に乗り、太陽の神殿を目指した。

行きと同じく、空の旅は順調だった。

——忌まわしき竜に乗った魔王カインが現れるまでは。


「勇者は別行動か……。場所を吐いてもらうぞ」

漆黒の鎧《よろい》を纏《まと》った男は、巨大な両手剣をこちらに向けて構えている。

（……ノア様の使徒、魔王カイン）

会うのは三度目だ。初回は、大迷宮《ラビュリントス》の入り口。殺されないように必死だった。

二回目は、月の国《ラフィロイグ》の王都。脱兎《だっと》のごとく逃げた。そして今回。

（ここに居るのは俺と白竜さんだけ……）

普通に考えれば逃げの一手だろう。だけど。

――一応、マコトに伝えておくわ。あまりお勧めはしないけど……。

ノア様との会話が蘇《よみがえ》った。白竜さんが居なくなれば、魔王カインと一対一《サシ》になれるこの状況。もしも説得するなら、今しかないのでは？

「精霊使いくん、時間を稼いでくれ。私は全力で逃げ……」

「白竜さん、俺が囮《おとり》になるので太陽の神殿に行ってアベルさんを連れてきてください」

「なにっ！　まさか犠牲になる気では……」

「違いますよ」

俺の言葉にぎょっとした顔を見せた白竜さんだが、俺の表情を見て思い直したようだ。

「何か企《たくら》んでいるようだな」

「そんなところです」

「無理はするなよ……。半日で戻る」

本来は一日かかる距離だ。

「十分ですよ」

俺はそう言うと、白竜さんの背中から飛び降りた。

運命の女神《イラ》様から頂いた『蒼羽《あおばね》のマント』によって、宙に浮くことはできる。

魔王カインが、二手に分かれた俺と白竜さんを見比べる。

どちらを追うか迷ったようだが、どうやら俺に狙いを定めたらしい。こちらに迫ってきた。

「ディーア、いけるか？」

「はい、我が王」

俺の隣には、水の大精霊《ディーア》が現れる。

「自ら騎竜を捨てるとは、命が惜しくないようだな！」

嘲るように笑いながら、黒鎧の魔王は俺に切りかかってきた。俺は氷で結界を張りつつ、視界を防ぐ魔法を発動した。

「水魔法・吹雪《ブリザード》」

まずは視界を邪魔する。蒼羽のマントの飛行は、それほど速くない。つーか、遅い。スピード勝負をしては、一瞬で追いつかれる。

「ふはははっ！　無駄な足掻《あが》きを!!」

魔王が吠《ほ》えるが、その声は無視した。カインを指差し、呟《つぶや》いた。

「水魔法・氷塊」

数十個の巨大な氷の塊が、魔王カインに突っ込む。

「ええい！　鬱陶しい！」

魔王の剣が氷塊をバターのように切り裂くが、いくつかは激突する。

しかし、魔王の鎧によってダメージは無効化される。それでも、延々と氷の塊をぶつけられるのは苛《いら》つくらしい。

「××××××××××××××××××！（火の精霊！　風の精霊！　吹きとばせ！）」

精霊語で、叫ぶのが聞こえた。魔王を中心に、巨大な炎の竜巻が発生する。一瞬、その熱気を感じた。

「ははははははっ！　貴様の魔法など俺には効か……」

その嘲笑は、最後までもたなかった。巨大な炎の竜巻は、消えかけたロウソクの炎のようにゆっくりと細まりやがて消えていった。

「……」

頭まで覆った全身鎧のせいで、表情は見えないが何となく動揺している様子が窺《うかが》えた。

再び、こちらに突っ込んでくるが俺は荒れ狂う吹雪と、氷塊をぶつける。

「無駄だとわからんのか！」

魔王が叫びながら、氷塊を切り裂く。

が、その次の瞬間には別の氷塊が魔王カインの鎧に激突する。

「××××××××××××！（火の精霊！　風の精霊！）」

再び、精霊語で叫ぶ魔王カイン。が、何も起きない。え？

「………不発？」流石《さすが》にツッコんだ。

「あーあ」とつぶやく水の大精霊《ディーア》。

「み、見るな！」

魔王カインが動揺したように叫んだ。

それにしても、事前に水の大精霊《ディーア》に聞いていた通り――魔王カインは、精霊の扱いがとても下手らしい。

◇数日前◇

太陽の神殿にて。勇者アベルに聞かれないよう、精霊語を使って会話している。

「なぁ、ディーア。もしも今後魔王カインに襲われた時、あいつはノア様を信仰してるんだけど、水の大精霊《ディーア》は戦えるのかな？」

ちょっと心配になって確認をした。ノア様は精霊の親玉のような存在だ。

ならば、この時代におけるノア様の使徒である魔王カインと水の大精霊《ディーア》は敵対できるのだろうか？

「ふっ、何を言うかと思えば。その質問はナンセンスですよ、我が王」

「そうなの？」

俺の心配に対して、水の大精霊《ディーア》はクスリと笑った。

「ああいう乱暴な男を、精霊は嫌いなんです」

「乱暴？」

「そうですよ。精霊語の言葉使いや魔法の扱い、精霊の扱い全てが粗雑です。あれでは、精霊には好かれません」

「そう……なのか？」

俺と違って水以外の精霊も自由に扱っているように見えた魔王カイン。しかし、水の大精霊《ディーア》からするとイケてないらしい。

「精霊は優しく構ってくれる人が好きなんです。そして、ノア様は自由を愛する御方《おかた》。苦手な奴《やつ》の言うことを無理に聞く必要なんてありませんね！　私は好きな人に仕えます」

「なるほど」

ノア様は、細かいことを気にしない。基本スタンスは「好きにしなさい」だ。

どうやら、眷属《けんぞく》の精霊たちも同じ性格らしい。

「魔王カインは、精霊使いとしてはいまいちなのか」

「はい、あれに従っている精霊は可哀想《かわいそう》ですね」

他ならぬ水の大精霊本人が言うのだから、間違いないだろう。

「ちなみに、俺は？」

「我が王は……お上手ですよ」

水の大精霊《ディーア》は意味ありげな視線を送った。なぜ、頬を染める？

「我が王に触られると、その甘美な快感に身体《からだ》が震えて……」

「待て待て」

当然のことながら、俺は精霊魔法を使う時にいちいち水の大精霊《ディーア》に触れたりしない。そんなエロゲーのようなことはしない。

「喩《たと》えですよ、喩え。我が王はそれくらいお上手ということです」

「そりゃ、良かったよ」

そんな会話だった。.

◇

かれこれ数時間、魔王カインの攻撃を俺と水の大精霊《ディーア》で受け流している。

こっちの攻撃は無効化されているが、あちらの攻撃も届かない。均衡状態が続いている。

「ちぃっ！　埒《らち》が明かん！　忌々しいっ！」

魔王カインが大剣を振り回す。黒い剣戟《けんげき》が俺に迫るが、氷の結界魔法であっさり防がれた。

雑な攻撃だ。集中力を欠いている。

（……そろそろかな？）

　このままだと、短気な魔王は帰っしまうかもしれない。

　声をかけるなら、頃合いだろう。

　魔王カインの攻撃の手が弱まった。やる気が削《そ》がれたらしい。

　俺は吹雪を止め、氷塊をぶつけるのをやめた。

「貴様、ついに魔力《マナ》が尽きたか？」

　魔王が的外れなことを言ってきた。俺は「パチン！」と指を鳴らす。

「水魔法・氷塊」

　俺たちの周りを取り囲むように、巨大な氷塊が現れる。

「ちぃっ！」

　忌々しそうに、舌打ちをされた。

　そもそも精霊使いが魔力《マナ》切れなど起こすはずがないんだけど。

「あんたと話がしたい」

　俺は切り出した。

「命乞いか？　勇者の居場所を大人しく吐けば、命だけは助け……」

　魔王カインの言葉を、俺は遮るように言った。

「カイン、ハルト・ウィーラック、」

俺がそう口にすると魔王カインが小さくビクリと震えた。

「……なぜ、貴様が……その名を知っている」

釣れたようだ。俺はその問いに答えずニヤリとした。

――カインハルト・ウィーラック。

ノア様から教えてもらった魔王カインの本名である。

カインハルトの生まれは南の大陸近くに浮かぶ、数百の島々の中の一つ。

そこは魔族に住処《すみか》を追われた人族や獣人族たちが隠れ住んでいる貧しい地域だった。

その地域では、僅かな資源を巡って多くの民が争っていた。

カインハルトは、とある島に居を構える小さな集落の幼子だった。

ある時、カインハルトの一族は他の島の一族と争って負けた。どの島も貧困で、そういったことは珍しくなかったらしい。

通常、負けた集落の民は殺されるのだが、カインハルトは非力で、不幸にも非常に美しかった。男ではあったが、まだ幼いカインハルトを気に入った他所《よそ》の島の一族の長が、彼を『娼夫《しょうふ》』として生き残らせた。

自分の家族を殺した者に慰み物にされる地獄のような日々。

もともとカインハルトの住んでいた島には土着の信仰があったが、その時の彼は自分を救ってくれない神を呪った。

家族を奪った者に復讐《ふくしゅう》できるなら、悪魔にでも魂を売る。

毎夜、そう願ったらしい。そこへ声をかけたのが——古い神族であり、海底神殿に囚《とら》われている女神ノア様である。

（ぼっち専門の女神……）

手口が俺の時と似てませんか？　ノア様。

何にせよ、夢の中で女神ノア様と出会ったカインハルトは、信者になることを誓った。

夢から覚めた時、カインハルトの枕元には神器が転がっていたらしい。

この辺も、俺の時とよく似ている。勧誘の手口は同じだ。

こうして全ての攻撃を防ぐ鎧《よろい》に、全てを切り裂く剣を所持した狂戦士が誕生した。

神器を使いカインハルトは復讐を果たした。

自分の一族の仇《かたき》を滅ぼしたのだ。

彼は女神様に感謝し、女神様のために何でもすると誓った。

しかし、自分を救ってくれた女神様のお言葉は「好きにしなさい」だった。そこで、カインハルトは信仰する女神様の信者を増やすことにした。

故郷を離れ、カインハルトは南の大陸をさまよった。大陸は、魔王が支配する魔族たちの土地であったが神器で武装したカインハルトの敵となる者はいなかった。

虐げられている人族を助けたりしたが、なぜか彼らは女神ノア様を信仰しようとはしなかった。カインハルトの仲間は増えなかった。

そこに現れたのが、南の大陸を支配している魔王だった。

魔王は、カインハルトに興味を持った。そしてカインハルトが聖神族とは異なる神を信仰していることを知った。魔王は、カインハルトを勧誘した。

あなたの信じる女神は、かつて神界戦争《ティタノマキア》に敗れた古い神族。聖神族は、共通の敵であると説明した。

一緒に世界を支配しようと、提案した。カインハルトは、その誘いに乗った。

敬愛する女神様もその話に賛同してくれた。

――こうして魔王カインは誕生した。

この時代において、数年前の出来事である。

◇

「なぜ……私の名前を知ってる？」

魔王が戸惑っている。ここで言うべきは……。

「ノア様から教えて貰《もら》ったからね」

俺は素直に本当のことを答えた。魔王がぴくりと反応する。

「謀《たばか》るか……、ノア様の声を聞けるのは使徒である私だけだ。貴様がノア様から話を聞けるはずがない」

カインの声は硬い。当然のことながら、俺の言葉が信じられないようだ。

「じゃあ、こんな話をしようか」

俺は笑顔のまま、魔王カインの過去の話について語った。小さな島の不幸な少年の話だ。

不幸な少年が、やがて魔王となった話。

効果はてきめんだった。動揺で大剣を落としそうなほど、狼狽《うろた》えている。

カインハルトは、自分の過去を誰にも話していない。信仰する女神様《ノア》を除いて。

「なぜ……私の過去を……まさか、本当に？　そ、そんなはずが……」

「ノア様に聞いた、と言っただろう。あんたと二人で話したかったんだ、カインハルト」

ノア様は、魔王カインを本名で呼んでいたらしい。

だから話をするなら同じように呼んであげなさい、というのがノア様のアドバイスだった。

大迷宮《ラビュリントス》では、勇者アベルが居たからできなかった。

「おまえは……私の味方だというのか？　証拠はあるのかっ！」

「うーん……」

証拠ときたか。難しいな。俺は短剣を抜き、その刃を見せた。

「この短剣は、ノア様から賜った。お前の神器と同じ素材でできてる。まあ、証明にはならないと思うけどね」

「確かに私の剣と同じ神気《アニマ》を感じる。だが……」

「我が王、こんな男の力を借りずともいいのでは？　我々だけでも十分ですよ」

隣のディーアが、つまらなそうに髪をいじっている。

もっとも、さっきまでの戦いで俺の生命《じゅみょう》が減っているので、これ以上は戦闘を重ねたくない。ディーアには、なるべく余裕ぶった態度をとるように伝えている。

「お前の目的は……なんだ？　なぜ、勇者の味方をしている」

それはカインの質問に薄く笑った。愚問を。

「それがノア様の望みだからだよ」

「ノア様の……望み？　勇者を助けることが……？　そんなはずはない……、ノア様は勇者を殺す度に、私を褒めて下さった！」

おっと、この時代のノア様は勇者殺しを認めているんだった。

「勇者をいくら殺したところで、ノア様のためにはならない。むしろ邪神と扱われて、この先千年、ノア様はとても苦労することになる」

「何……だと……？」

信じられないという風に、かぶりを振る魔王カイン。

「本当だよ。あんたの行動はノア様にとって不利益となる」

「騙《だま》されるものか！　それ以上口を開くな、叩《たた》き斬ってくれる！」

魔王カインが怒鳴った。

余裕がなくなっている。

水の大精霊《ディーア》が、カインの攻撃を防ぐために構える。俺はそれを手で制した。

魔王カインは、ノア様の信者を欲している。

しかし、『神界規定』によってノア様は信者を増やすことはできない。

それでも頑張って信者を増やそうとして、決して仲間を増やせず、孤独を感じているのが魔王カインだ。

魔王となっても、仲間は居ない。恐れられはしても、慕われはしない。

女神ノア様の信者は、世界で彼一人……だった。

だから、ここで俺が言うべきセリフは――

「この世界でたった二人の信者が争っちゃ、ノア様が悲しむんじゃないか？」

「……っ!?」

俺の言葉に、魔王カインが構えた剣をだらりと下ろした。

「おまえは……ノア様の信者だというのか？」

「そうだよ。あんたと同じ」

「そう、か……私以外のノア様の信者と初めて出会った」

魔王カインはぽつりと呟《つぶや》き、兜《かぶと》を脱いだ。

その下からは、女性と見紛《みまが》うほどの美形の男の顔が現れた。

もっとも本人は、自分の美しい顔を嫌っているそうなので顔を褒めない方が良いそうだが。

「お前の名前は？」

「……高月《たかつき》マコト」

少し迷ったが、俺は自分の名前を答えた。

このあとカインは、ノア様に俺のことを話すだろうから本名を告げたほうがいいだろう。

もっともノア様は千年後の未来を見ることはできないので、どこまで理解をしてくれるかわからないが……。

「高月マコト、勇者殺しがノア様のためにならないなら、私は何をすればいい？」

真剣な目で見つめられ、俺は言葉を考えた。

「海底神殿にノア様を助けに行くのは、どうかな？」

その言葉に、魔王カインが目を細めた。

「ノア様が封印されている海底神殿、か。だが、場所がわからなければ目指すことすらできぬだろう……」

返ってきたのは意外な言葉だった。魔王カインは海底神殿を知らないのか？

「海底神殿の場所なら俺が知ってるけど？」

「なにっ⁉」

昔一度行ったからな。

「ノア様に聞かなかったのか？」

「教えてくれないのだ……。私では海底神殿に辿《たど》り着かないだろうとノア様はおっしゃられた」

そういえば、ノア様は俺に対しても海底神殿の攻略は否定的だった気がする。

「大魔王《イヴリース》は勇者を全て殺せば、海底神殿の攻略を手助けすると約束した。しかし、いくら勇者を殺しても新しい勇者が現れるため、きりがない……。いつになるのか……」

「そんな約束をしてたのか」

勇者が死ぬと、次の勇者を女神様が認定するから多分永遠に終わらないんじゃないかな。

多分それ、騙されてるよ。にしても、この情報は使える。

魔王カインは、海底神殿の場所を知らない。

「高月マコト！　私に海底神殿の場所を教えろ。そうすればお前を信用してやってもよい」

真剣な表情の魔王カインに俺は釣れたと確信した。俺はニヤリと笑う。

「教える？　それだけでいいのか？」

「なに？」

不審げに眉をひそめる魔王カイン。

「一緒に行こう。二人で海底神殿を攻略しよう」

「なん……だと……？」

予想外の答えだったのか、カインが目を丸くする。

「ノア様の信者同士。目的は同じだろ？」

「いや……だが……」

「あんたの神器と、俺の精霊魔法。二人で力を合わせれば海底神殿を攻略できるんじゃないか？」

「……」

魔王カインの息を呑《の》む音が聞こえた。

「日程は、色々準備するから七日後あたりかな。待ち合わせ場所は『ここ』にしよう」

「な、七日後!?　そんなにすぐかっ!?」

「早いほうがいいだろ？」

「そ、それは……」

「水魔法の水中呼吸は使えるよな？　半日くらいは水に潜りっぱなしだからな。まさか鎧《よろい》を着たまま泳げないなんてことはないだろうな」

「い、一応、泳げる……」

何か言い方が不安だな。

「海底神殿を守っているのは、神獣リヴァイアサンだ。最初は観察から始めよう。何か質問ある？」

「…………本気なのか？」

訝《いぶか》しげに俺を睨《にら》む、魔王カイン。

「どのみち俺は一人でも行くつもりだったからなぁ。あんたはノア様を助けたくないのか？」

「一人で、だと……？」

「ああ、というか一度行ったことがある」

「…………」

しばらくの無言のあと、魔王カインは答えた。

「…………わかった、私も一緒に行こう」

「決まりだな」

俺はにっと笑うと、右手を差し出した。

魔王カインは、気味悪げに俺を見ている。

（……あんた、本気？）

頭の中で声が響いた。運命の女神様《イラ》？　聞いてたんですか。

（勇者アベルの仲間をしながら、裏で魔王と仲良くするの？）

このまま敵対を続けるよりは、良くないですか？

どうせノア様の神器がある限り、カインには勝てないんだし。

（勇者アベルが『光の勇者』スキルを使いこなせるようになれば、魔王カインを倒せるわよ）

……それは、……そうなんですけど。

（何よ？）

俺は何と答えるべきか迷い、結局素直に気持ちを伝えた。

（ノア様の信者であるカインを、できれば死なせたくないんですよ）

俺がそう言うと「……わかったわ」と言って、運命の女神様《イラ》のため息が聞こえた。

（ただし、アベルには絶対にバレないようにしなさい。アベルにとって、育ての親を殺された最も憎い相手が魔王カインよ）

そうですね。十分気をつけねば。

俺はイラ様の言葉に頷《うなず》きつつ、魔王カインのほうを見つめた。

「よろしく、カインハルト」

「高月マコト。もし、お前の言葉に偽りがあれば命で支払ってもらう」

魔王カインが俺を睨みつけ、言い放った。面白いことを言う。

「女神ノア様と命に誓うよ。一緒に、海底神殿を攻略しよう」

魔王カインが俺の右手を握った。

多くの勇者を屠《ほふ》ったその手は、綺麗《きれい》だった。

——こうして俺は魔王カインと共に、海底神殿攻略に挑むこととなった。

エピローグ　月の国の女子会

◇フリアエの視点◇

——私の騎士が千年前に旅立ってから三ヶ月が経《た》った。

「フリアエ女王陛下！　新たに王都へ百名の住人が移住してきました！」

「フリアエ様！　王城の内装がまもなく完成します！」

「女王様！　王都の警護のため軍備を増強します！」

私の名前を呼ぶ声がいつまでも続く。ここは新・月の国《ラフィロイグ》の王城（建設中）の玉座。

新しい王都の住民は増え続けている。

西の大陸に隠れ住んでいた魔人族たちが、集結しているから。

「フリアエ様。明日は水の国《ローゼス》からソフィア王女殿下がいらっしゃる日です。歓迎の用意はいつも通りでよろしいでしょうか？」

「あら、もうそんな時期なのね」

水の国《ローゼス》は、月の国《ラフィロイグ》の再興のために必要な人材を多く貸し出してくれている。

決して、自分たちの人材が豊富なわけではないのに。

西の大陸で最も繁栄しているのは太陽の国《ハイランド》だけど、そこからは力を借りられない。

というより、長年にわたって魔人族を虐げる政策をとっていた国なので月の国《ラフィロイグ》の民は、全員が太陽の国《ハイランド》を嫌っている。

魔人族が千年前に大魔王《イヴリース》陣営に属していたのがその理由らしいのだけど、正直現代にそんな価値観を押し付けないでほしい。

水の国《ローゼス》は水の女神様《エイル》の教えで、その辺がとてもゆるい。西の大陸中に隠れ住んでいた魔人族の話でも、水の国《ローゼス》が一番住みやすかったという話を聞く。

「自国のことも大変でしょうにわざわざこちらまで出向いてくださる……。ソフィア王女殿下には頭が上がりませんね」

「そうね。饗《きょう》しの準備をしておいて。でも、あまり豪盛な接待は好まないから気をつけて」

「はい、おまかせください！　フリアエ様！」

側近の一人が元気よく返事をして駆けていく。ソフィア王女は月の国《ラフィロイグ》の民たちにとても人気がある。任せておいて問題ないでしょう。

「フリアエ様！　一点、気になるご報告が！」

「……何？」

またか……、と嘆息する。次から次に問題が起きる。

「この王都に夜な夜な不死者《アンデッド》が現れて困っているという報告があります」

「……不死者《アンデッド》？　それは妙ね」

私は顎に手を当てて考える。不死者《アンデッド》が現れるのは通常は古い都だ。

長く人々が住む街では、それにともなって墓地から蘇《よみがえ》ってしまう不死者《アンデッド》が出てきたりする。しかし、今の月の国《ラフィロイグ》の王都は新しい。普通に考えて不死者《アンデッド》の発生は起こり得ない。

「死霊魔法使い《ネクロマンサー》が裏にいる可能性があります」

「でも何のために？　被害は出ているの？」

「いえ！　月の国《ラフィロイグ》の民は、皆優秀な魔法使いです！　不死者《アンデッド》に遅れは取りません！」

「そう……、でも子供たちは不安よね」

「はい……なので、なんとか解決したいのですが人材不足で。明日いらっしゃるソフィア王女にご相談してはいかがでしょうか？」

ソフィア王女は女神教会の巫女《みこ》でもあり、不死者《アンデッド》を祓《はら》う聖職者の部下も多くいる。

月の国《ラフィロイグ》には不足している人材だ。確かに理に適《かな》っているのだけど……。

「不死者《アンデッド》くらいでソフィア王女の手を煩わせるのもね……。いっそ、私が出向いて原因をつきとめようかしら？　死霊魔法《ネクロマンシー》なら得意……」

「「「「なりません!!　フリアエ様！」」」」

部下たちに一斉に反対された。……何よ、もう。女王って自由がないのね……。

結局、不死者《アンデッド》の対策については、冒険者ギルドに相談する方向でまとまった。

◇その夜◇

（ふふふ……、街を一人で散歩するなんて久しぶりね）

思えば太陽の国《ハイランド》の王都で逃亡生活をしていた時以来かもしれない。

現在の私は、月の国《ラフィロイグ》の王都を一人で歩いている。

時刻は深夜。この街はできあがったばかりで、娯楽の店は少なく夜になると一気に明かりが少なくなる。

元気なものは数少ない酒場に集まり、店に入りきらない者は外で酒盛りをしている。

治安の維持のために、街の見回り担当魔法使いが巡回しているがその数も少ない。

（まだまだね、この街は）

改めてそう思う。だからこそ不死者《アンデッド》なんてさっさと片付けてしまおう。

そう思った私は城をこっそりと抜け出した。勿論《もちろん》、部下たちには内緒だ。

（そういえば私の騎士もよく単独行動してたっけ……）

あの男は、すぐに『隠密《おんみつ》』スキルを使ってどこかにでかけていた気がする。

でも、私はそんなスキルは使えないから目立たないように黒っぽいフード付きのローブを着て目立たないようにしている。

……でもこれって却《かえ》って怪しいかしら？

「おい、そこのお前！　女が夜遅くに一人で出歩くのは危ないぞ！」

見回りをしている魔法使いに声をかけられた。あら、困ったわね。

「………」

私は何も答えず、見回りの魔法使いさんに近づく。

「なぜ顔を隠している？　月の国《ラフィロイグ》の民であろうな？　顔を見せてみよ」

「……これでいいかしら？」

「おまえ……いや、貴方様《あなたさま》はっ！」

私がフードを取り顔を見せると、見回り魔法使いさんの表情が驚愕《きょうがく》で歪《ゆが》む。

「ごめんなさい、私は用事があるの。見逃してもらえるかしら？」

――魅了の魔眼。

「……は、はい。仰せのままに」

私は『魅了』の魔眼で魔法使いさんを操る。申し訳ないのだけど、ここで城に戻される
わけにはいかないの。

そして私は王都の外れにある空き地へやってきた。

今のところ不死者《アンデッド》らしきものとは出会っていない。報告では毎日ではないらしい。だか

ら今日は出現しない日である可能性はある。でも……。

――運命魔法・未来視。

以前は苦手にしていた魔法。でも、聖女になることである程度制御できるようになった。

（今夜も居るわね……）

今日も月の国《ラフィロイグ》の王都に不死者《アンデッド》は出現する。死霊魔法《ネクロマンシー》を得意とする私なら、不死者《アンデッド》をどうにかすることは容易《たやす》い。けど、それでは根本解決にならない。

（……私たちの作った月の国《ラフィロイグ》の街にちょっかいをかけてる奴《やつ》を見つけだしてやるわ）

私だって以前は、魔法使いさん《ルーシー》や勇者さん《アヤ》と一緒に冒険者をやっていたのだ。

だからこの程度の問題はさくっと解決してあげるわ！　と意気込んでいた。

王都の外れで、そいつらと出会うまでは。

「…………む、なぜここに人族が居る？」

「お前があとをつけられたのではないか？」

「人族ごときに見つかるヘマはしていない！」

「まぁ、いいさ。殺してしまおう。不死者《アンデッド》の素材になる」

怪しい二人組が、こそこそと密談していた。

会話から察するに、こいつらが王都の民を悩ませている不死者《アンデッド》を生み出している黒幕のようだ。

あとはその事実を月の国《ラフイロイグ》の護廷魔術士に伝えればいい。

あっというまに犯人を討伐するだろう。

(問題は、どうやって私がこの場を逃れるかね……)

「運が悪いなお嬢さん。だが、こんな遅い時間にふらふらしているのが悪い」

ニヤニヤしてこちらに近づく男は、肌が緑色で目が赤い。

人目でわかる人族でも魔人族でもない——魔族だった。

そして、少し離れてこちらを腕組みで見ている者も魔族だ。

(どうして……魔族が月の国《ラフイロイグ》に入り込んでいるの……?)

てっきり大魔王《イヴリース》を信仰する蛇の教団あたりの嫌がらせだと思っていたのに。

まさか、魔族が入り込んでいたなんて。

でも、みすみすやられるわけにいかない。

「さて……、抵抗は自由だ。できるものならな」

「おい、騒ぎは起こすなよ。我々の作戦がばれる」

「ふん、恐怖で震えている女だぞ。すぐに終わ……」

その時、私はフードを取り『魅了』を発動した。

「私に従え!!」

私は攻撃魔法を使えない。

だから、身を守るには相手を『魅了』するか、死霊魔法《ネクロマンシー》で不死者《アンデッド》の味方を作りだすしかない。後者の時間はなく、私は魅了魔法にかけた。

「……………ぐっ！　これは」

「魅了だと……、しかもその顔は……」

「……え？」

私は戸惑った。魅了が効いたなら、すぐにわかる。けどこの反応は違う。

「……残念だったな。……無駄だ。我々には効かない」

普段なら一瞬で相手を操れるはず。しかし、魔族は二体とも意識を保っている。

「…………………そんな……魅了が通じない？」

魔族は魔法の耐性が強い者が多い。それでも、ここまではっきりと耐えられたのは過去に一度だけ。

「千年前の魔族……」

魔の森で魔王軍の幹部に襲われた時。あの時の魔族の女には魅了が効かなかった。

「ふん……我らは厄災の魔女《ネヴィア》様と……謁見しているからな……」

「あの魔女に様などつけるな……、にしてもこの女はあの魔女に似ているな……」

「………」

私はゆっくりと後ずさる。魅了が効かないとなると、あとは逃げるしかない。

しかし魔族の身体能力は人間の比ではない。逃げられるだろうか……。

「……ふん、逃がすと思うか？」

「……この女は確実に殺さねば」

「……くっ！」

……まずいわね。こうなったら、恥も外聞も捨ててとにかく大騒ぎして誰かを呼ぶしかないかと考えていた時。

「どおっりゃあああああ――!!」

ドカン！！！　という大きな岩がぶつかるような音とともに「グギャ！」というカエルの潰れたような声がした。

緑色の肌をした魔族を飛び蹴りで吹き飛ばしたのは、髪を二つくくりにした小柄な女の子だった。そして顔見知りだった。

次に目の前に魔法陣が現れ、そこから誰かが出現する。

「待たせたわね、フーリ!!……大丈夫！」

目の前には、真っ赤なマントと長い髪をたなびかせるエルフの女の子。

どうやら空間転移《テレポート》でやってきたらしい。

「アヤさんと……ルーシーさん？」

それはかつて一緒に冒険をしていた仲間だった。

「ふーちゃんー！　よかったー」

魔族に飛び蹴りをくらわせた女の子に抱きつかれた。

「ど、どうしてここに？」

「ソフィーちゃんが教えてくれたんだよ。ふーちゃんがピンチだって」

「ソフィア王女が……？」

どうやって知ったのだろう？

彼女には未来視のような力はないはずなのに。

「貴様ら……やってくれたな。許さぬぞ」

「不意をつかれたが、しょせんはただの女冒険者が二人。我らの敵ではない」

魔族二人が忌々しげに、ルーシーさんとアヤさんを睨《にら》む。けど、彼女たちは魔族の視線を受け止めても怯《ひる》まない。

「まともに月の国《ラフィロイグ》を襲えないからコソコソ不死者《アンデッド》を放ってたくせに」

「ねー、ダサいよね、るーちゃん」

反対に魔族を挑発している。って、そんなに煽《あお》って大丈夫？

「……愚カナ人間メ」

「……自惚《うぬぼ》レヲ悔イルガヨイ」

ずず、と魔族たちの身体《からだ》が大きく禍々《まがまが》しい姿に変化する。

だけでなく、口調が荒々しく凶暴になる。どうやらこれが本気の姿のようだ。

「気をつけて、ルーシーさん！　アヤさん！」

私が叫ぶと、彼女たちは振り返って微笑《ほほえ》んだ。

「ふーちゃんに心配かけないようにしないとね――無敵時間《スーパースター》！」

アヤさんの身体が七色に輝く。

「そうね。一撃で決めましょうか――精霊纏い《ドレスオブスピリット》！」

ルーシーさんの身体が紅《あか》く燃えるように輝く。ってあれは、紅蓮の魔女《ロザリー》と同じ……。

「ナ、何ダ、ソレハ……」

「エエイ、虚仮威《こけおど》シヲ……！」

二人の魔族が尋常ではない彼女たちの様子に後ずさる。

「うりゃあああ！」

「ぶっ飛べ!!」

七色に輝くアヤさんが閃光《せんこう》となり、紅く燃えるルーシーさんの空間転移《テレポート》からのタックルが魔族たちに突き刺さる。

――宣言通り『一撃』で片がついた。

◇翌日昼◇

「……フリアエ女王陛下。貴女《あなた》は自分の立場がわかっているのですか？」

氷のように冷たい声が響く。

ここは月の国《ラフィロイグ》の王城の女王の私室。

つまり私の部屋なのだけど、なぜか私は正座をさせられていた。

私を見下ろしているのは、水の国《ローゼス》の王女——ソフィアだ。

「……違うのよ。ちょっとした散歩のつもりだったの」

「それで護衛もつけずに外に出て、魔族に襲われたのですか！　何を考えてるんですか！

あなたは月の国《ラフィロイグ》の女王なんですよ!!」

「…………はい、スイマセン」

私はがっくりと項垂《うなだ》れた。

実際、ルーシーさんとアヤさんが来てくれなかったら危なかったと思う。

「もしも貴女の身に何かあれば、月の国《ラフィロイグ》は崩壊しますよ！　貴女には世継ぎも親族も居ないのですから……」

「よ、世継ぎなんて居るわけがないでしょう！」

世継ぎとは、つまり私の子供ということだけど、結婚すらしていない私には当然居ない。

「フリアエと婚姻を結びたいという貴族は数多くいますけど」

「い、嫌よ！　私の騎士以外の男なんて…………あ」

私は自分の失言に思わず口を押さえる。

私と守護騎士の契約をしている男——高月《たかつき》マコトは、水の国《ローゼス》の国家認定勇者であり、水の巫女《みこ》ソフィア王女の婚約者だ。

「はぁ、……まぁ、貴女が勇者マコトに惚《ほ》れているのはわかってますけど……、月の国《ラフィロイグ》には渡しませんよ？」

「……わかってるわよ」

少しだけ気まずい空気になる。

……くっ、私の騎士のせいで。文句を言ってやりたいけどあの男は、千年前に時間転移してしまった。だからここには居ない……。

「ねー、お説教はそれくらいでいいんじゃない？　ソフィア」

「そうそう、せっかく久しぶりにみんなで集まったんだし」

ピリピリした空気を払ってくれたのは、ルーシーさんとアヤさんだった。

実はさっきからこの二人も部屋に居たけど私が怒られているのを黙って見られていた。

私がソフィア王女に怒られているのを、ニヤニヤ見ていたんだけど！

「仕方ないですね……」

とソフィア王女が言った。

よかった、説教は終わったわ！

「ね、ご飯にしましょうよ」「準備できてるよー」

私がソフィア王女に怒られている間に、アヤさんとルーシーさんがテーブルに料理やお酒を並べている。

料理は城の料理人に作らせたもので、お酒はルーシーさんとアヤさんが買ってきたものだ。

「はぁ～、疲れたわ。お腹《なか》すいたし」

んー、と私は伸びをする。

「なうなう」気がつくと一匹の黒猫が私の足元にまとわりついていた。

私の騎士の使い魔であるツイだ。

こいつ、私が説教されている時は隠れしたわね。私が軽く睨むと、んーとまったく気にしてないようで、大きく伸びをしている。図太い猫ね。

「貴女そっくりですよ」

横からソフィア王女にツッコまれた。……む、そうかしら。

「ほらほら、フーリとソフィアもグラス持って」

「かんぱーい☆」

強引にルーシーさんとアヤさんによって、宴会が始まった。

久しぶりに友人たちと一緒に食べたご飯は美味《おい》しかった。

「まったく！　あの男はいつ帰ってくるんですか！」

「ほんとよねー……。約束したんだから、とっとと帰ってきなさいよ、あいつ」

「ぐす……高月くん。寂しいよう……」

「あの、……えっと。…………みんな？」

お酒が入ったソフィア王女は、普段と違って口調が荒い。

ルーシーさんはやさぐれていて、アヤさんは泣き上戸だ。

……みんな酒癖が悪いのかしら。

「なうなう」

黒猫だけは、マイペースに私が与えたローストビーフを美味そうに齧《かじ》っている。

まったく呑気《のんき》で、羨ましいわね。

「あんたのご主人のせいで困ってるのよ。何とか言いなさいよ」

私はそう言って、こつんと黒猫の額を人差し指で軽く「トン」と押した。

その瞬間「キィン」と小さな、鈴の音のような金属音が響いた気がした。

……何かしら？　と思ったが、きっと聞き違いだろう。

私も酔ったのかもしれない。その時。

「ふむ。吾輩《わがはい》のご主人が、迷惑をかけたようだな」

突然、謎の男の（美）声が部屋に響いた。

「「「え？」」」私たちはびっくりする。

「誰!?」「どこにいるの!?」

熟練の冒険者であるルーシーさんとアヤさんは、ぱっと臨戦態勢を取る。

ワンテンポ遅れて、私とソフィア王女も自分の身を守るためにも周囲を警戒する。

が、どこを見回しても見知らぬ人影はない。この部屋にいるのは四人だけだ。

「……………何をそんなに慌てているのかな？」

また同じ声が聞こえる。そして、それは私のすぐ近くから聞こえてきた。

というより、私が指で小突いた黒猫が、喋っている。

「まさか…………あんたの声なの？」

「いかにも」

「うっそ、黒猫《ツイ》って喋《しゃべ》れたの!?」

「ええ～、黒猫ちゃんの声が可愛《かわい》くないー！」

ルーシーさんとアヤさんも知らなかったようだ。勿論《もちろん》、私だって初めて知った。

「……もしや、これは聖女の奇跡では？」

ソフィア王女が興味深げに、私と黒猫を見比べた。

「「聖女の奇跡？」」

私とルーシーさん、アヤさんの声がハモる。

「どうしてフリアエが知らないのですか……」

ソフィア王女にため息を吐《つ》かれた。そんなこと言われたって、月の国《ラフィロイグ》の再興作業で忙しかったし、私は巫女だけど女神がなんにも教えてくれないし……。

「太陽の女神様《アルテナ》に認められ聖女となった者には、新たな奇跡の力が宿ると言われています。ノエル様の場合は聖女アンナ様と同じ『勝利の行軍歌』。これは味方の魔力《マナ》や身体能力《ステータス》を一時的に数倍に引き上げる能力です」

「へー、そうなのね」「ソフィーちゃん物知りー」

どうやらルーシーさんやアヤさんも初耳みたい。何よ、じゃあ私だって知らなくていいじゃない。ここでふと気づいた。

（え？　とすると私の奇跡って……）

「じゃあ、フーリの奇跡って猫が喋れるようになるってこと？」

「わー、いいなー。楽しそうだね」

「な、何の意味があるのよ！」

嘘《うそ》でしょ！　聖女になってもらった奇跡が、猫を喋らせる能力!?

そんなお笑いみたいな奇跡ってある!?

「まだ、そうと決まったわけでは……」

「うむ、その通りだ。吾輩は姫様の奇跡で喋れるようになった。感謝している」

黒猫本人が、はっきりと説明してきた！

「か、確定なのね……」

うわー……。これってそのうち月の国《ラフイロイグ》中に発表されるんでしょ？

月の国《ラフイロイグ》の女王フリアエが新たに目覚めた奇跡は『猫を喋らせる』ことだって。

「さ、最悪だわ……」

「まぁ、まぁ。そう悲観なされるな姫様」

黒猫に励まされた。

「姫、姫、言うんじゃないわよ！　私の騎士《あいつ》のこと思い出すでしょ！」

怒った私は思わず怒鳴る。

もとはといえば、黒猫を使い魔にしている私の騎士がやっぱり悪いのよ！

早く帰って来なさいよ……本当に。皆、寂しがっているんだから。

あまりお酒を飲むつもりはなかったのだけど、結局その日はソフィア王女やルーシーさん、アヤさんたちと一緒に、夜が更けても皆で騒いだ。

久しぶりに冒険をしていた頃に戻れた気がして、心が休まった。

◇

ちなみに、私が授かった聖女の奇跡は、猫が喋れるようになることではなくて『潜在能力を目覚めさせる』という非常に強力な能力だった。

黒猫が喋ったのは、力をつけた魔獣はいずれ人語を操るようになるかららしい。

……良かった。お笑いみたいな能力じゃなくて。

この能力のおかげで、人材不足に悩まされる新・月の国《ラフィロイグ》がさらなる速さで発展を遂げることになるのは、少し先の話だ。

（私の騎士……、いつ戻ってくるのよ？）

私の稚拙な未来視では、まったくわからない。だから私にできるのは祈ることだけ。

普段はあまりしないのだけど。そもそも私の声が届いているのかも不明だけど。

（……月の女神様《ナイア》。どうか、私の騎士を助けてあげて）

返事を期待せずに、ただ祈った。

……………………クスクスクス

一瞬。小さな笑い声が聞こえた気がした。

「……月の女神様《ナイア》？」

返事はない。気の所為《せい》かしら？

疲れているのかも。私は「うーん」と大きく伸びをする。

現在の私の私室には誰も居ない。

ソフィア王女は水の国《ローゼス》に帰ったし、ルーシーさんとアヤさんは冒険者ギルドに顔を出すと、出ていった。

王城の中でも広い部類に入る女王の部屋は、がらんとしている。少しもの寂しい。

（……私の騎士の肖像画でも飾ろうかしら）

でも本人が居ないのよね。

何かいい手はないかと考え、私の騎士の友人に水の国《ローゼス》の大商人がいることを思い出した。

よし！　今度、私の騎士が描かれた絵がないか聞いてみよう。

あいつが戻ってくるまでは、それで我慢しよう。そう思った。

あとがき

大崎《おおさき》アイルです。『信者ゼロの女神サマ』の十巻をお読み頂きありがとうございます。

今回から千年前編となり、主人公+とある女神以外のキャラは一新します。いかがでしたでしょうか？　表紙キャラは、実は二巻から登場と比較的初期キャラの彼女です。

千年前編を思いついたのは、実は二巻の話を作っている時からで、大賢者様とマコトが会話している時にプロットが決まりました。信者ゼロの山場の一つにあたるため、ここまで続刊ができたことは非常に嬉《うれ》しく思います。そして長編となっており初の前後巻で構成されています。今回の十巻は『仲間集め編』でしょうか。次回からいよいよ魔王たちとの戦いが始まります！　魔王カインはこんなことになっちゃいましたが……。

最後にスペシャルサンクス。モモのキャラデザは最高です、Tam-U先生！　漫画版の大迷宮《ラビュリントス》編は素晴らしかったです、しろいはくと先生！　そして今回は原稿が遅くなりご迷惑おかけしました、担当編集のS《エス》さん。

　そして読者の皆様、いつも本当にありがとうございます。今後も『信者ゼロの女神サマ』をよろしくお願いいたします。

OVERLAP

信者ゼロの女神サマと始める異世界攻略
10. 救世の英雄と魔の支配〈上〉

発　　行　2022年10月25日　初版第一刷発行

著　　者　大崎アイル
発 行 者　永田勝治
発 行 所　株式会社オーバーラップ
〒141-0031　東京都品川区西五反田8-1-5
校正・DTP　株式会社鷗来堂
印刷・製本　大日本印刷株式会社

Printed in Japan　ISBN 978-4-8240-0313-3 C0193